厚道

蒋子龙——著

河南人民出版社

目录

第一章　草木之情

目录

第二章　山水之乐

目录

目录

第三章　风物之美

目录

第四章　故土之思

第一章　草木之情

去趟草原一年不生气

中秋期间一老友来访，因我刚从内蒙古归来，还带着刚吸足了氧的精神头，话题自然就先从草原见闻展开。比如当我们沿额尔古纳河右岸，行进至一低洼草深之处，见一群大小不等的灰鹤在嬉戏，便走过去拍照。灰鹤见我们靠近非但不躲不飞，反而引颈摆尾、振翅旋身地舞蹈起来，令人惊奇异常，心绪也随之亢奋。其舞正当高潮，群鹤却突然腾身而起，却并不高飞，在一个离我们不远的地方重新落下，昂头以一种半是嘲弄半是警惕的眼睛注视着我们。

向导包先生是在草原上长大的蒙古族人，他告诉我刚才是大鹤教小鹤练翅学飞，我们一来打断了人家上课，大鹤们突然起舞是吸引我们的注意力，掩护小鹤们赶快藏起来，待孩子们都藏好后，大鹤自然就躲开了我们这些不速之客……

朋友忽然打断我：内蒙古你都走遍了吧？我想了想，还真差不多，有些地方还不只去过一次，锡盟就去过三次，呼伦贝尔这也是第二次去。

他继续叮问：新疆天山两侧的草原你好像也都去过了，也是两三次之多。一般有去草原、森林的机会你都不会错过。这是为什么呢？我想了想，可能跟我在农村长大有关，自小便喜欢草、树、庄稼，特别爱闻青草割倒后或庄稼收割后满洼的那股青草味。而当下正是草原上割草的时候，漫山遍野都是醉人的气息。

朋友摇头，不尽然，你是河北人，河北可都跑遍了？我一愣，河北还真有些地方我从未去过。老友笑了，你很时尚，现在流行全民养生，而养生说到底就是养情智，眼下最时髦的口号就是“去趟草原，一年不生气”。这话让我感到新鲜，该不会是保健医生或旅游公司的广告词吧？但心里还是被触动了，不禁想起一位老同事，曾担任天津作家协会党组副书记，原是插队内蒙古的老知青，返城后还要经常往内蒙古跑，有时一年要两三趟。我常开玩笑说他患上了“绿色综合征”，人回城了，魂儿却丢在了草原上，也可以说是一种怀旧情绪、“知青情结”，或者叫“草原情结”。今天再看这件事，似乎没那么简单，我不是知青，也无旧可怀，为什么也喜欢往内蒙古跑？

不敢说从草原回来能保证一年不生气，但确有一种从绿色净土归来的感觉，从里到外仿佛被消了一次毒，干净透亮。自此会一年半载忘不了草原，什么时候想起来，都会感到一种生机，一种希望，有种温暖而清新的振奋与快乐。

这种被“消毒”感还来自一些实实在在的数字，国家曾公布过天安门广场的负氧离子含量，每立方厘米400个左右，想必北京、天津的城区里也差不多，甚至只会少不会多。而呼伦贝尔林区和草原的同等单位的负氧离子含量是5000多个。如果我那位老同事患的是“绿色综合征”，我患的可能就是“绿色缺乏症”，或者叫“缺氧症”。草原不是一般意义上的“氧吧”，它是天然的巨大氧库!

本来数字是十分枯燥的，而数字一旦跟草原结合在一起，就令人惊喜，心神大慰。仅一个只占内蒙古五分之一的呼伦贝尔，其大小就相当于山东、江苏两个省面积的总和。其中有森林12万平方公里，草原8万平方公里，河流3000多条，其中流域面积大于500平方公里的98条，大于1000平方公里的67条。湖泊500多个，其中水面面积大于1平方公里的89个，大于10平方公里的6个，大于100平方公里的3个，因此有湿地两万多平方公里。在这个干旱的无处不在闹水荒的世界上，想想你能到呼伦贝尔这样的福地待上一阵子，哪怕就是几天、几小时，都是一种福气。

我在莫日格勒河谷草原见到了绿色天堂般的美景，极端洁净的绿色绒毯，无边无际地铺展开来，高低有致，起伏成韵，线条柔和，随风飘摇，与这铺天盖地的大绿最为谐调的是大片大片的白色羊群，其间游动着的深色斑块是牛和马。头上则是晴空万里，偶尔有一片白云，竟浮在半空凝然不动，它的阴影在草原上投下巨大的墨绿，有些吃饱喝足的牛羊，就躲到云彩的阴凉下睡懒觉。

我喜欢草原，向往草原，但去草原并不是希望老不生气。人活一口气，该生的气还得生，喜怒哀乐忧思悲恐惊，凡人应有的情绪一样都不能少，才是一种健全。虽然知道自己不属于草原，但草原却属于我。草原属于所有心里有草原、想念着草原的人。唯此才更能欣赏草原、珍惜草原。

空中草原

果然是“天苍苍，野茫茫”！天，何以会苍翠？是伊犁之绿从河谷一直铺展到天上——“天山之上”。此谓“空中草原”。

不是一疙瘩一块的草坪或草场，而是一片片几十平方公里的山顶草原。草高齐胸，野花烂漫，清香徐徐，透彻心脾。是人间仙境，还是仙界凡间？正因为它在“空中”，环境优良，水量充沛，草不退化，且再生能力极强，目前是中国唯一没有被破坏的草原了！

托举着“空中草原”的，是山腰无边无际的森林长廊，万树结一绿，背岭色更深。而如高高的银冠一般护佑着“空中草原”的，是天山的座座雪峰，皑皑千里，光摇万象。远看山与天相接，绿与山相融，草色浩荡，林莽滔滔，汹涌起伏，大绿无边！

只要天上还落雪，就偏不了珠穆朗玛和海拔7000多米的天山。只要地球上还有季节变化，天山之水就会源源不断地流下来。在普天之下闹水荒的今天，伊犁有河流208条，冰川3065条，面积在一平方公里以上的湖泊26个……

古云："山为魂，地为魄"。山高地阔，成就了伊犁千里沃野，其河谷平原是中国三大平原之一，也成就了伊犁"塞外江南""瓜果之乡"的美誉。

中国的整体地势，为西高东低，河流几乎都是由西向东流。只有伊犁，其势东高西低，河流由东向西。清代西北史地学的奠基者祁韵士，像其他谪贬到伊犁的人一样，最后也喜欢上了伊犁，他在《天山》一诗中写道："中原多少青山脉，鼻祖还看就此分。"

龙在林海

八月的大兴安岭，到处一片灿烂，或金黄，或嫣红，或姹紫。这里有着中国最大的原始林区，我一直向往真正的原始森林，所以一踏上大兴安岭便不管不顾地闯进密林深处，想拥抱神秘的原始，尽情吸吮绿色历史的营养。

这里有着太多数人搂抱不过来的大树，它们生长了数百年乃至数千年，枝干如铁，直捣青天，或美似华盖，或威如天神，或形貌狰狞……有些不知在什么年代曾被雷电咬过一口，一道道几十米长的焦黑的伤疤，弯弯曲曲、飘飘忽忽，从头顶贯到脚跟，宛若一条条恶龙缠绕其身，恐怖而又壮观。难怪鄂伦春人供奉雷神，大凡看见被雷电击烧的树木就远远绕开，免得自己得病发烧。像这样的大树，当初被雷击电烧过之后是怎么挺住并活了下来？它们重新活得强壮繁茂，透出一种犷悍的神秘感。在每一个炭状的树墩或每一排烧焦的树桩旁，总有新生的参天大树或幼苗，留下了历代一次次大火的痕迹和火后的重生。原始而又威力无比的自然之火，仿佛不是为了毁灭，而是为了再生。

高空为树冠所垄断，遮天蔽日，地面则为杂草、野花和数不清的灌木所霸占，踩一脚绵软柔松，如落陷阱。蒿草齐人高，有些结果的植株匍匐于地，密如丝网，其果实则形如樱桃，红颜白颔，莹润闪光。杜斯枝蔓带刺，横勾竖挂。榛子、橡子、杜鹃、花楸等数不清的小乔小灌在树干之间织成网搭成墙，使人寸步难行。再加上蜘蛛结网乱上加乱，蚊子、瞎虻趁火打劫，更增加了原始森林中的神秘气氛。

一开始我与同行的人声声相唤，彼此应答，害怕走失，渐渐地相互看不见影儿也听不见声儿了，我头皮发紧，恐惧像赶不开的蚊子，轮番袭来。我感到自己是这样疲乏，这样弱小，这样愚昧和胆怯，我恨不得变成一棵树、一根草、一个动物，甚至是一种小昆虫……在森林里它们都比我有更大的自由和强劲的生存能力。一个现代人落入了原始的迷魂阵。

森林连接着远古和今天，令人感受到了世纪的更新、大地的变迁，历史的内涵无限地重复以及人类的花样翻新的局限。我似乎懂得了什么是充实与贫乏，什么是神奇与渺小，什么是博大与简单，什么是终古长新与昙花一现……我听到了枪声，是向导的召唤，它微弱得像文明社会的呻吟。我就属于那个被污染的世界。在这个没有污染的天地里我不适应，感到恐惧，感到自己的浅薄与渺小。生死只是一瞬间的事情，现代惧怕原始，人类惧怕自然，无神论者遇到了神，历史也会鬼打墙。我常自以为热爱森林，却不过是叶公好龙。

头上身上挂着蜘蛛网和草屑，脸和手臂被划破了几条口子，在向导急切地呼喊和召唤中，我终于逃出了原始森林。以向导的估计，我顶多走进去二三里地，却像迷失了很长一阵子。尽管刚刚从现代文明踏入原始，却足以领略原始无与伦比的强大魅力：壮阔而单纯、粗暴而温柔、深沉而急躁、平静中藏着杀机、骚动中变幻莫测。一旦返回现代文明社会，觉得轻风是凉爽的，空气是清香的，溪水清澈见底，喝一口清冽甘美，洗一把脸，头脑立刻清醒，让原始的尘垢、蚊虫叮咬的红肿尽付诸水流。唯有在林中的诸般感受沉淀下来，充实了我的灵魂，丰富了我的生命。

向导为了让我真正了解这片原始森林，仔细地讲解了它无可估量的生态效益：保持水土、保护生物、屏障东北、供氧净化、调节气候。像大兴安岭这样的林海，每天至少可以吸收二氧化碳六百万吨，吐出新鲜氧气四百万吨，堪称一个规模宏大的“制氧工厂”。但这并不是最主要的，原始的大林莽最重要的生态功能是涵养水源。大兴安岭有大溪小河1860多条，有山必有沟，有沟就有水，水源总量为433亿立方米，每年夏天自林海蒸腾水分50亿吨。常看气象预报的人会有感觉，东北这块地方总是夏天雨多，冬天雪大。

森林是巨大的看不见的地下水库，雨大它能吞，无雨它能吐。若问现在的龙王安在？龙在林海！

红豆树下

名重一时并引得文徵明、郑成功、顾炎武、袁枚、曹寅、翁同龢、章太炎等历代众多名流显贵前来瞻拜的“红豆山庄”，如今只剩下一棵红豆树了。大树四周高墙维护，墙门紧锁。近五百年来，山庄毁了建，建了毁，然而这棵红豆树，却始终森然挺立，繁阴浓重。

谁说“相思”最脆弱、最绵软、最不可靠？一棵树撑起了一个村庄，一个村庄因一棵树而成为一种文化符号、成为古代才子佳人向往的一块圣土……给人以无限怀想和遐思。只要有红豆树在，山庄的名就在，魂就在。至于楼堂瓦舍、横街竖巷，迟早还会在红豆树下铺展开来。红豆山庄从建立的那天起，似乎就秉负了主人的性格和修为，红豆树要撑起的还不只是一个村庄，而是一段重要的历史文化。

宋末元初，以“古今多少兴亡恨，都在声声晚寺钟”等佳句传世的顾细二，为杭州、上虞一带的名士，向与书画大家赵孟頫交厚。忽必烈入主中原，赵官拜翰林学士，遂向元主推荐顾细二，欲招之入朝为官。顾却坚辞不受，携老小弃家远避，行于虞山左侧，见水土不错，便在补溪畔立户开庄。这才叫“自由”和“清高”，不高兴当官，便拉家带口拔腿就走，走到哪儿觉得风水不错就安顿下来，开荒种地，晨耕晚读，补溪岸边逐渐形成村落。

到明代嘉靖年间，顾家后人又从海南移来两株红豆树，红豆珍稀，人见人喜，于是便有了“红豆山庄”的名号。但真正成就了山庄巨大声名的，是奇冷的崇祯十三年深冬，发生的一件奇事：“艳过六朝，情深班蔡”的奇女子柳如是，一身男装打扮，青布束发，蓝缎儒巾，突然造访虞山，扣响了钱谦益家冷寂多时的门环。一个有故事的人的到来，让红豆山庄也有了故事。而故事就是魅力。她一下子给红豆树注入了灵气，成为天下有情人爱恋的象征物，并见证了一段传奇姻缘。

在官场屡屡失意并已丧偶的钱谦益，正心神寂寥、满腹悒郁，柳如是从天而降，令其大喜过望，感动莫名，遂邀柳在自己的“半野堂”住上一段时间，柳欣然应允。他们一同踏雪赏梅、寒舟垂钓，相处和谐，心神大畅。为答谢柳如是相慰之情，钱谦益亲自督工，仅以十天工夫便在红豆山庄为柳如是特建一楼，依据《金刚经》中“如是我闻”之句，钱谦益将小楼命名“我闻室”，以应合“如是”的名字。柳深为感动，她历尽坎坷，成名后虽结交过诸多风流才子，常有千万人捧着，但多是逢场作戏，难托终身。倒是这位花甲老者，知疼着热，有情有趣，反能相知相感，给她一种长久以来便渴望的安适与恬静。敢作敢为的柳如是几次露出以身相托之意，而钱谦益一遇到这种场面总是先感激动容，随后却匆匆将话题避开。或是他心存顾虑，两人年龄悬殊，自己整整大了柳如是三十六岁。且为罪臣，前程无望，岂不牵累了这位风华绝代的才女！或许这正是钱的高明之处，欲擒先纵。但面对美人的一片痴情，男子的矜拒又能维持多久？何况在他心里一刻也舍不下她。俗云：“男追女隔座山，女追男隔层纸。”拖到来年夏天，钱谦益决定要将柳如是娶进家门。

一旦真要办大事了，钱谦益就想哄得娇妻高兴，将婚礼办得别致而张扬。他租了一只富丽堂皇的芙蓉舫，在舫中摆下酒宴，邀来十几位好友，随舫划入虞山脚下的松江之中，在碧波之上，在箫管鼓乐声中，两人一个高冠博带，一个凤冠霞帔，双双拜了天地，喝了交杯酒。这场婚礼引人艳羡，甚至在士大夫中招来物议：“亵朝廷之名器，伤士人大夫之体统。”钱谦益能有这份勇气，也恰恰证实了他对柳如是的珍视和真情。可惜，红豆香风留美人，却不一定留得住男人的野心。或因怀才不遇，心有不甘；

或越是仕途坎坷，钱谦益越是觉得当官还没有当够。官瘾如毒瘾，当他费尽心机甚至不惜借助柳如是的关系谋到一个官位时，旋即明亡，作为明臣他们想以死殉国，来到两人相识的西湖，决定投水以全节。到真要付诸行动时，钱谦益借口水凉退怯了。“烈女怕缠郎”，何况是“才高八斗，学富五车”的缠郎，永远都有他的道理。任柳如是再刚烈，既为人妇，就得遵妇道，随夫意，只好再退一步，劝诫丈夫隐居世外，不事清廷，也算对得起故朝了。钱谦益慨然允诺，但没过多久借口头皮发痒剃光额发，留起清人的辫子，公开降清并在清廷谋得一个闲差。但他确是命蹇时乖，很快又因一门生犯案被逮，锒铛北上，押往刑部大牢。柳如是扶病随行，上书陈情，请托斡旋，誓愿代死或从死……柳氏的义行不仅最终把他搭救出来，还冲淡了世人们对他降清的诟病。至此钱谦益在官场旋进旋退，三起三落，不免怀念红豆山庄。

山庄照旧接纳了他们，红豆树宽慰了他们。但，原先并株的两棵红豆树，却只剩下了一株。世道变了，人也变了，怎么能要树不变呢？相思树、相思树，成日在一起还用相思吗？不相思，相思树还能有活力吗？令人讶异的是，在留下来的这株高大的红豆树旁，又长出一棵朴树，与红豆相依相靠、相扶相助，蔚成奇观。由此钱谦益和柳如是过了十年安定的日子，他们还有了个女儿，可谓锦上添花。1661年5月，正当钱谦益八十岁生日，12年未开花的红豆树，一夜间含苞吐蕊、异香浓郁，二人大喜，相拥而泣。到9月，霜降叶落，柳如是遣人在树下细细搜寻，终于收获了一枚晶莹饱满的红豆，山庄沸腾……世上恐怕也只有红豆，开花结果才会如此轰轰烈烈。见到它开花已属不易，能得到它的果实就更难。确是“红豆生南国，秋声传一籽”。

在460年里，这棵红豆树只开花23次。距今天最近的一次开花是1932年。或许是因为现代人已经不会相思了，现代人讲究“闪婚”“一步到位”，无须相思，不知相思为何物，更用不着一波三折、好事多磨，“空见相思树，不见相思人”，红豆树还为谁开花结果呢？幸好，在柳如是拣到红豆300年后，陈寅恪意外地也得到了一枚红豆山庄的红豆。这枚红豆向他传导了什么信息，致使老先生受到电光石火般的启发和感动，“不顾年老体衰、指僵目盲，穷十年心血”，完成了皇皇80万字的《柳如是别传》？

30多年后，上海一位蒋家才女丽萍，再写《柳如是传》。后人只要谈到柳如是或钱谦益，就绕不开这株红豆树。于是，在红豆山庄俨然形成了一派“红豆文化”，那棵红豆树也成为爱情的吉祥物。或许当人们重新学会相思、珍惜相思的时候，就会发生感天动地的爱情故事，到那时红豆树还会开花结果的吧？

千年银杏谷

“人能百岁自古稀，树得千年未为老”。有一种奇木，生长于恐龙时期，是第四冰川运动后的孑遗植物，其名“银杏”。而湖北随州，竟有一条“千年银杏谷”，据称是现今世界上仅存的四个古银杏群落中最大的一个。

在一条狭长的山谷内，有野生银杏树510万株，其中百年以上的17000余株，千年以上的308株。它能经历冰川运动而不绝，还只是“银杏传奇”中的开篇。1945年日本广岛遭到原子弹轰炸，四野一片焦土和瓦砾，寸草皆无。第二年春天，从寂静的焦土中竟然钻出了一片绿叶，它就是银杏，从没有被炸烂的老根上又开始钻新芽、抽新枝、长新叶，无惧被现代人视为最可怕的核辐射。这不单是神奇，还体现出一种“神气”！不是一句“生命力顽强”就能解释的。

在中国民间，历来有拜老树为神的习俗。宋代神宗继位后，天灾频频，王安石推行青苗法，湖北的百姓为祈求天降甘露，良田保收，请一位得道的高士在最枯瘠的山岗上种了一株银杏树，并笃信此树能挡风雷，可保一方安宁。以后许多年，不管旱涝，那个地方都能保住收成，当地百姓便视其为神树。2008年，在中国南方闹冰灾的那一年春节，在极端寒冷中骤然窜起一股热浪，大树起火，整整烧了一天一夜，古银杏完全被烧焦。然而，不经磨难如何为神？第二年古树又奇迹般地复活，从烧焦的躯干上重新长出枝叶。

如此说来，随州的“千年银杏谷”简直就是“树神大庙”，或称“银杏禅院”。其中心位置犹如一座“大殿”，并排矗立着五棵3000年上下的巨大银杏树。天钟灵秀，啸雨吟风，翠云交干，青青不朽，树身坚实如铁，需数人连手方可合围。在“大殿”的一侧，有一棵2500余年的银杏，如“护法天王”一般落落出群。据传为春秋初期的随国大夫季梁所栽，他被李白尊为“神农之后，随之大贤”，开儒家学说的先河，是名副其实的“中国南方第一文化名人”。因此在银杏谷的芳香中，还有一种浓郁的历史文化气息。

“大殿”的另一侧，绵延数里如“三百罗汉”般排列着高低不等的银杏树，树龄有上千年的，有数百年的，还有几十年乃至十几年的野生小树，或高大挺拔，或冠盖如云，一株株树型优美，乔干通直，心形的叶片炯炯发光。进入这样的银杏林中，无法不流连忘返，禁不住一次次地深呼吸，有阵阵清香沁入心脾，自觉通体澄澈。更为奇妙的是一些千年以上的“夫妻银杏”，一雌一雄，相依相扶，下面盘根错节，如龙蛇绞缠，上面枝干相交，连成一片，难分彼此。令人惊异不已，艳羡不已。

所有来到银杏谷的人，还会提出一个相同的问题：这么多千年古树，是如何躲过“大炼钢铁”时的砍树运动？当地人的回答也大致相同，千年银杏质地坚硬，其本身就是“植物钢铁”，要砍伐它非同易事，有好事者树没砍倒反砍伤了自己大腿、砍掉了手指的……如此一传十，十传百，被反复渲染，银杏谷便成了砍树分子的禁地。

但最主要的，还是古银杏历经千年风雨轮回，其资格超过现在的任何人，“树大贤于人有用，节高仙于世无情”，当地百姓都敬其为神，千方百计加以保护，使满谷的银杏躲过了那一劫。到度荒时，银杏树就加倍回报百姓。它通身是宝，被列为“珍稀名贵经济树种”，其果实更是可自食、可入药的珍品。一棵百年以上的大树每年可结白果数百公斤，改革开放之初，一棵大银杏树，一年就能造就一个“万元户”。

俗谚说：“桃三杏四梨五年，枣树当年就赚钱”。银杏却要20年才开始结果，40年后才能大量结果。所以又称“公孙树”——即公公栽树，孙子才能纳凉吃果。唯其生长缓慢，才成为树中的寿星，且绝少有病虫害。千年银杏谷，也是人类的“长寿谷”。众多的古银杏，是千年时空交融的杰作，走进银杏谷，会不由自主地心结千古，从心底升起一股敬意，思索千年银杏的生命传奇，接受它的教诲和启示……

义气松

中国地图是一只脖子挺得很硬、尖嘴有力地向里弯起随时准备向前猛烈冲跃的雄鸡，兴安岭则是它骄傲的金冠。火车突然变成了火箭，直立起来向高处爬去……我睁开眼，窗外的地是平的，庄稼长得很好，绿得冒油、发黑，仿佛能生出烟雾来。

火车像个巨大的爬虫，在庄稼梢上飞行，裹着一身绿烟。我又闭上眼睛，欲睡睡不着，不睡又想睡，记忆和想象都格外活跃。20世纪50年代初有一首很流行的民歌："高高的兴安岭一片大森林"，我也很喜欢吕文科的代表作《走上这高高的兴安岭》。兴安岭是个神话，是个很熟悉又全不了解的神秘的世界，"蓊郁尤甚，松桦蔽天，早不见日"，"山鸡野鸟伸手拣，獐子狍子拿棒撵，鹿麝送上门，黑熊闯进院……"

兴安岭已经遥遥在望了，我看见了黑森森的奇峰异峦，闻到了大自然的渺渺香气，听到了林涛的轰鸣，间或还夹杂着野鸟的鸣叫声。心急车慢，好像不是火车载着我前进，而是我的大脑拽着火车飞跑。心里有一种朝圣般的洁净和急切，朝拜大自然也可算是一种朝圣。

然而人类对大自然的掠夺和毁坏最早也是从崇拜开始的，鄂伦春族最早的宗教是把熊当作图腾崇拜，称熊为“祖母”“舅舅”。但这并不妨碍他们猎熊，只是猎到熊以后要举行个仪式，抬回时要假哭，口中念念有词：“打死你绝不是故意的，是误杀，求你保佑。”但熊肉不能分，统一煮，共同吃。熊骨和熊头按照他们的风葬仪式安放在树上，同人死了以后一样，让其自然风干风化，回归自然。

我在大兴安岭的森林里听到不少关于猎人和动物的传说，也增长了许多有关大森林的历史知识。内蒙古的大兴安岭在清朝以前是没有采伐工业的，清初曾有过四禁政策：禁止采伐森林，禁止开采矿山，禁止狩猎及捕鱼，禁止农耕及放牧。清末，随着东清铁路的修建，森林采伐工业开始兴起，首先是铁路两侧的森林很快被砍光了。当然，它也促进了社会生产力的发展。以后俄、日入侵，实行“剃光头”“拔大毛”的掠夺性采伐，抢走了一千多万立方米的木材，使蔚然长林“渐成为濯濯矣”，受到严重的创伤！

我看到的大兴安岭并不是特别的高，用巍峨、雄峻、粗犷、奇绝等赞美大山的词句来描绘它似乎都不大贴切。名称甚是雄健的“大兴安岭”，在我看来却充满女儿气质，灵秀、娇嫩、洁净、妩媚。我站在诺敏山庄的阳台上远眺，只见森林不见岭，这正是大兴安岭的迷人之处。它是林海中一个连一个的浑圆的波浪，绝不是露出水面的突兀峥嵘的褐色礁石。

连大兴安岭的早晨也都是绿的，田野一片青须须，云雾渺渺，轻飘漫散。

大兴安岭的颤音灌满我的双耳，森林的呼吸汇成强大的音流在空中嗡嗡震响。充满骚动的静谧，生气勃勃的文静。似乎在等待一个辉煌时刻的到来——朝日如一枚巨型的松塔，在林梢上颠了两颠，霍然爆裂开来，金黄色的松子倾泻而下。霎时，把一片嫩绿的大兴安岭染成焦黄。

我急不可耐地闯进大森林。

不，这里没有大森林。虽然森林的面积非常广大，有山皆绿，但没有大树——几个人抱不过来的大树。大兴安岭无霜期短，每年只有七十天到一百天，树木生长缓慢。这儿的“树王”每二十年才祝一次寿，也就是说二十年才算长了一岁。一棵长了二百年的树，我也能轻松地抱过来。但木质坚硬，耐腐蚀力很强。我在克一河林业局见到的大多是第二代或第三代林，树干的直径一般为二三十厘米，笔直而细高，大都在二十米以上，有的高达三十五米。整齐，漂亮，令人赏心悦目，像一排排身着体操服的小姑娘。跟我所见过的阴森恐怖的热带雨林截然不同！

难怪人们把兴安岭叫作“绿色聚宝盆”，甚至要砸盆取宝。树太大了不一定有用，这里每一棵树都是好材料，都很值钱。

我发现一个怪现象：越是山岭的阴面森林长得越茂盛，一片深绿，郁郁葱葱。有些南坡阳光雨露充分，树木反倒稀疏平常，呈浅绿色。此处森林茂密，就自成气候，相互挡风遮雨，棵棵树都长得挺拔粗壮。林木稀疏的地方，空间广阔，阳光无限，树木反而长得矮小变形。这真是大兴安岭的一绝！

我对这种落叶松产生了兴趣。

当地人管它叫“义气松”。主动住在阴坡，谦虚善良，喜欢过集体生活。成群团状就长得高大繁茂，一棵松则长不好，甚至会死掉。正因为它不霸道不张扬，身上没有刺儿，也没有太多的疤瘌节子，二三十米高的树干溜直溜光。所以人们就格外喜欢它，做栋梁，打家具，当枕木，铺大桥，因而也最容易遭砍杀。

泰山松、黄山松，充分发展自己的个性，长得千姿百态，容貌可人，吸引了无数人去观赏，去瞻仰，被诗人赞美，被画家描摹，被印成彩照，被拍进电影，成为人间的宠物。倘有一条枝丫干枯也会成为一条新闻，人们会为它的安全大声疾呼。

我同情义气松，它的义气让我感动，也为它感到难受和不平。它之所以这样老实，也许是由于受过皇封：“许你随风飘荡，不许就地生根！”

松子顶风飞八十米，顺风飞二百米。你的松子到我这儿来生根发芽，我的松子到你那儿去长大成材。就靠这股顽强的生命力，大家互相帮衬，互相扶持，砍不完，杀不绝，一代一代地活下来了。我忽然意识到义气松是有个性的，讲义气就是它的个性。没有缺点不一定没有个性，横生枝丫也不等于个性丰满。

义气松是兴安岭的主要树种，是兴安岭这块讲义气的土壤养育了它。它又是兴安岭的骄傲。它那倔强的躯干是人类文明的脊骨，有这不倒的脊骨才有绵绵不绝的生命。

我对兴安岭肃然起敬，感激它，愿意听凭它的主宰。也许唯有如此，才能获得大自然的谅解，在它的怀抱里得到自由与美。

我从来没有认真记住过一种树、一种花、一种草。今后却绝不会忘记兴安岭落叶松——义气松！

古村与古树

持续了有些年头的所谓“文化热”“国学热”，与全民大旅游相契合，各处都打起“文化牌”，于是也造就了“古村热”。大家都在比量看谁的年头长，似乎谁越古旧谁就越有文化。

近年来外出到哪里都要看古村落，有相当一部分古村已荒败不堪，几无人烟，一户户透风漏气、摇摇欲坠的老宅子门上挂着锈渍斑斑的铁锁，勉为其难地还在拼力支持着当地的旅游收入。但也确有许多依旧人烟兴盛的古村，它们大都靠山近水，地处平原的古村没有山可靠，但水是绝不能缺的，或靠河，或临江，或面海……没有江河湖海的自然优势，也要挖塘打井引水蓄水。《管子·水地篇》称：“水者，万物之本源，诸生之宗宝。”所以，“吉地不可无水”，长盛不衰的古村，一定要有好水。

但古村最显著的标志，还是要有古树。

古树自然都是大树，生长了数百年、上千年、甚或数千年。

如四川的打囱村，酷似群山中的一把“太师椅”，三面翠峰护佑，一条溪流滚着浪花从前面开阔处款款流进村来，在村内兜了个“U”形的弯，又吸纳了诸多从后山流下来的泉水，清滢滢地转身继续前行，果然是“金城环抱，水之罗绕”。最奇的还是村口那十几株巨樟，树龄从几百岁到千岁不等，最大的那株树干上披红挂彩，树下摆着香炉和供品，被全村人当作神一样敬奉着。不远处还有一株大树，从远处看枝繁叶茂，冠盖如云，却不知曾经历过怎样的雷击火烧，树干的下部有个巨大的空洞，年轻人喜欢在里面谈情说爱或搞小型聚会，老年人则喜欢在里面打麻将。一个树洞俨然成了打囱村的“娱乐中心”。

亲近树、崇拜树是人类固有的天性。大树代表一个村子的形象，乃至命运。有古树，村子就有了历史，有了故事，有了灵性，能读懂树，也就读懂古村了。广东的南社是个有1400年历史的古村，一条很像样子的河流穿村而过，河两岸是立地参天的古榕。村中心最引人注目的那株千年巨榕，在“文革”时期突然枯死了。因它是南社村的象征，甚至是村里老人心中的图腾，虽死也没人敢动它。巨榕死了10年之久，“文革”结束后竟渐渐又活过来，不是冒出新枝重新生长，而像昏迷后复苏一样，是整体的复活，树形依然，气象依然。

我在南社村时不止一遍听到当地人讲述这棵树决然赴死又死

而后生的传奇，似乎是要一再向我证明，古树为神，想不承认它有灵性都不行。相同的神奇在江西渼陂也发生过。这是个有800多年历史的神秘古村，坐落于富水河畔，山抱水环，天然形胜。除去有一条河，村里还有与天上28星宿相对应的28个水塘，串联环绕，小桥流水，息息相通。村内巷道按八卦修造，用卵石铺就，在村南“翰林第”的大房子前面，有一株600年的古樟树，同根双干，又称“连理樟”。名为“连理”却一边生机盎然，一边已干枯死掉。

村长给我讲了个故事，1930年底，红军第一次反围剿成功，捉住了国民党18师师长、江西剿匪总指挥张辉瓒，在押解途中遇到红军总司令朱德，朱德立即下令为其松绑，毛泽东也当面许诺张辉瓒，红军不会杀他。并嘱咐红军军长何长工：“这个张辉瓒不要杀，杀他没有什么益处，留着他反而对我们有用，对革命有用，起码对国民党官兵是个教育，会有影响。”但在苏区政府召开的祝捷大会上，局势失控，赤卫队员从红军战士手中抢走张辉瓒，当即处决，并割下头颅装进竹笼，放在一块木板上扔进江里，任其顺水漂流，将没有头的尸体就挂在“连理樟”上示众。

自那时起，古樟挂尸体的那一边就渐渐枯萎死去了。

宇宙万物都有自己的灵性，即所谓“一花一世界”“日暮依木而憩”。凡是生命，就有相通的东西，即便是植物与动物之间也一样。这种相通的东西就是“气”。哲学史家张岱年说过，西周末年的伯阳父就已提出“天地之气”，以后又有许多哲人涉足“气”河。在中国哲学中，“气”是构成自然万物的基本要素。而树有形，自然有自己的气场。尤其是大树、古树，固聚阳气，护荫地脉。

“大跃进”的灾难是从砍树开始的，“三年自然灾害”也与“毁林造田”有关。古村的古树，是历史变迁的见证，甚至可以说一棵古树，就是一个村庄。湖北随州的一个古村，有几株3000年以上的巨大银杏，上个世纪度荒时期曾救活过不少人；陕西黄帝陵有5000年的古柏……世界上还没有长城、没有金字塔，罗马帝国和大秦帝国还没有诞生的时候，就已经有这些树了，我们却往往“真神不敬敬假神”。

现代社会经常会掀起一波又一波的“热潮”，一会儿这个“热”，一会儿那个“热”，但愿当下的“古村热”“古村游”，不要冷落乃至伤损了古树。

城里又见断头树

到外地参加一个朋友的新书研讨会，会后跳上他的吉普车直奔山区。这位朋友喜欢摄影，镜头是他的第二支笔，此时大地回暖，万物复苏，嫩绿由低向高、由阳面向背阴处一级级、一层层地濡染，山野现出勃勃生机。但我们却没有享受更多的野趣，反看到一种怪异景象，勾起满腹感慨，抑郁不舒。

正是“植树造林”的季节，无论哪里都应该栽树才对，可乡里正在刨树，在一个人的引领下专挑大树刨，有卡车在旁边等着，装满一车就拉走。朋友告诉我，那个向农民讨价还价并当场点钱的指挥者，就是“树探”。如今有专门发现明星的“星探”，有专门物色优秀管理人员的“猎头公司”，寻找和出卖大树也成了一种职业，说白了就是“树贩子”。

我上前打听价格，他倒不隐讳，也不怕我的朋友拍照，傲慢得很，反问我们是哪来的？然后说你们那里也买过我的树，许多大城市都买我的树，那里的头头就是靠我的树创造政绩升了官。你们看我挑的这些树，首先是长的地方好，带着一身好风水过去，谁买了准能升官发财……我问他这么大的树，底下只留那么小的一个土包，把根都砍掉了，能活吗？他满不在乎地咧咧嘴，那就不是我的事了，留这么大的根包是专家计算过的，只要栽得好、会护理，绝对能活。我说你把根多留点，土包大一点，不是更保险吗？他眼睛一斜，你站着说话不腰疼，那我们就得多花多少钱、多受多少累？再说了，他们若是栽一棵活一棵，以后我的树卖给谁去？前边的人一步到位把城市都绿化好了，叫后边的人还怎么出政绩升官？

他竟然还有这样一番道理？许多年前曾听人抱怨过，植树造林走过场不重实效，大多是“植树造零”。不想今天竟变成“植树造官”。我问他买这些树的价格？他说每棵树都不一样，一般二三十年的好树要二三百元，最高不超过五百元。松树便宜，十几年的树农民管装上车才七十元一棵。再问他运到城里要卖多少钱，他一摆手，说这是商业秘密。朋友接过话茬答到，十几年的树最便宜也要卖七八千元，贵的一棵上万元或几万元，二三十年以上的好树最高可卖到一二十万元！

这么贵呀？倘若再活不了，那就不是“造林”，而是造孽了！俗云：“人挪活，树挪死。”农村的青壮劳动力大都进城打工，多少还能挣个活钱，如今连像点样子的树也被挖走了，乡村一下子空了，山野失去了灵气。而有些树就是一个地方的象征，是一部地方志、一部乡村历史，甚至一棵树就是一个村子，或一个山岭，譬如：青松岭、银杏谷、柳树庄、槐树屯……就这么用铁锨给毁了？

在回去的时候朋友特意绕道新城区，看看从山区挖来的那些大树进城后的命运。它们被锯掉树冠，变成一根根干邦邦粗大的橛子，整齐地埋在新拓宽的马路两侧，不管它们以前是什么树，进城后都换成一个统一的名号：“断头树”。其命运也像它们的名字一样凶险不祥，大部分“断头树”或渐渐枯干，或在当年回光返照抽出几根细枝、钻出几片新叶，到第二年死掉，在马路边站上一到两年的岗，便被拔掉再栽上新的“断头树”。只有极个别的幸运者会存活下来，重新长出新头……

——这只是我个人的观察，不足为据，回家后立即上网查找有关城市“断头树”的存活率，搜到熊培云的文章《乡村的古树》，文中说：大树进城的死亡率很高，有时买十棵要死六七棵，“需要为其‘吊水’‘打针’，甚至盖起‘空调房’，24小时不间断地喷水保持水分。即使这样，还有70%的大树最后变成了干柴。”

我忽然想到，1958年的“大跃进”，疯狂地砍树炼钢铁。如今在城市急剧地膨胀中，怎么倒霉的又是树？

橡胶林

大自然中唯橡胶树的命运最凄苦，我从未见过高大粗壮带着野性的橡胶树，见到的都是干干净净、规规矩矩的橡胶林，或粗如小腿，或细如胳膊，躯干上被刀割出蛇形沟槽，有白色浆液顺沟槽流出，流进吊在底部的一个铁桶里。病恹恹，瘦鳞鳞，人们称它为“流泪的树”。流出的泪就是橡胶。经常流泪并未引来人类的同情，而是更加频繁地宰割。橡胶树规则地排成行，安分守己地站立着，等待着。

在它们旁边就是侥幸存活下来的热带雨林，绿森森宛如一片铜墙铁壁，横生竖长的各种灌木拥挤着乔木，乔木拉扯着藤条野蔓，你身上有我一只脚，我身上有你一只手，互相扶持，互相依存，牵一根动一片，繁茂庞杂，密不透风，磅礴着一种强大的能威慑人类的生命力。谁也不知道里面藏着怎样的凶险，没有人敢轻易钻进去，大自然森罗万象的原始野性足以逼退人类的好奇心。和橡胶林的驯服形成两种截然不同的景观。

然而近代对海南岛的开发就是从种植橡胶树开始的。

1906年，45岁的马来亚华侨何麟书筹股5000光洋，带着4000粒橡树的种子，回到故乡海南岛乐会县合口湾，在茂密的原始森林里开出一块地方，创办了“琼安胶园”，又称“琼安垦务有限公司”。可惜连播三年，无一发芽，何麟书所筹股本尽失，股东们丧志，纷纷退出。他重返马来亚，请教内行，精心选出5000株胶树苗，再冒风险带回故里，惨淡经营11年，原产于巴西的橡胶树终于在海南岛引植成功。

于是，“琼安胶园”被后人称为“中华橡胶之母”。

何麟书先生的成功吸引了更多的华侨从马来亚、菲律宾、新加坡等地回国，在海南的其他地方开办胶园，渐渐地海南岛建立起91个橡胶种植园，开垦出32000亩胶林。原始的热带雨林以及里面的野生动物，做出了退让。看着当年下南洋的人又回来了，南洋的文明也随着生产橡胶的技术一块上岛了。此时的中国北方大陆正充斥着美孚石油、英美烟草公司生产的香烟和基督教，这三样东西同样也带来了西方文化……

海南岛的历史上曾拒绝过一些名人，接纳过一些名人，也产生了一些名人。拒绝过想征服它的一些著名将领，如东汉的伏波将军马援，三国时期的孙权等。却收留了一批从京贬谪到海南的朝廷重臣，如“五公祠”里就立着唐宋两朝五名宰相和副宰相，后来，声名赫赫的苏东坡也被贬到了海南儋州。海南岛本身也产生了一批名人，如冼夫人、邱浚、海瑞、宋耀如等。但不记得哪位名人为开发海南做过什么事情，土生土长的大人物也都是在很年轻的时候就到外面求取功名，当功成名就最有作为的时候又回不了海南。被贬谪到海南的大人物往往消沉，或绝食而亡，或得过且过，有酒喝有肉吃就不错了。

我不想刻责古人，当时被流放海南是仅次于死刑的一种惩罚，可见海南之荒蛮，大人物陷于这种境地还能有什么作为呢？倒是一个不知名的江苏女子困在海南30年，向黎族妇女学了一手纺织技术，后来回到家乡成了大名鼎鼎的黄道婆。

如此说来，有功于海南的人中，何麟书倒应该被写进海南的历史。在他创办琼安胶园45年之后，中国政府在广州成立了华南垦殖局，由当时的中共中央华南局第一书记兼任局长，指挥刚刚由野战军改编成的屯垦部队在海南岛大面积种植橡胶林。

因为橡胶是战略物资。笼而统之地说，世界是由两种物质构成的：一种是硬的，一种是软的。路是硬的轮胎是软的，骨头膝盖是硬的鞋是软的，精钢做成的压力锅是硬的却少不了软的胶圈儿。有硬就有软，有刚就有柔，有阳就有阴，有钢铁就必须有橡胶。自行车、汽车、火车、飞机、轮船等一切人间的钢铁制品，都少不了橡胶。制造一艘35000吨的军舰，需要6.8吨橡胶；装备一辆28吨重的轻型坦克，需要800公斤橡胶，生产一架喷气式歼击机，需要600公斤橡胶……更不要说橡胶在医学、化工、轻工等领域广泛而又无法替代的用途。考核一个国家强弱的最简单的标准就是看它的钢铁和橡胶的产量。资本主义强国对刚诞生的新中国很不习惯，开始对中国实行经济封锁，橡胶当然在禁运之列。而新中国要想强大，要想发展，不可一日无橡胶。中央政府就把“橡胶自给”的任务交给了农垦大军。

海南岛热闹起来了，成立了近百座农场，一下子集结了70000多名种植工人，其中大部分是转业军人。还有相当数量的归国华侨，他们不再是几个几十个地回来，而是成千上万地回国，“挑着简单的行李，从海口向垦荒点进发”。首先展开了人与兽争夺地盘的战斗……

白天，工人们一上山，猴子们便成群结队地下山了，钻到工人们的家里把能吃的东西全部吃光，把坛坛罐罐打烂。如同鬼子进村扫荡，只差没有放把火。夜晚，山猪、箭猪、水鹿、山羊又出动了，甜丝丝的橡胶树的树皮以及橡胶幼苗的嫩叶，非常适合它们的口味，一夜之间可啃光幼苗，捣毁胶园。种植工人不得不建茅寮、设岗哨，夜色降临便敲铜锣，击皮鼓，放土枪，点篝火，大呼小叫，吆喝连天，以驱赶野兽，保护胶园。

人和兽争夺的是生存权。人类建胶园毁了野生动物赖以生存的原始森林。野兽好像报复般地毁了胶园，工人们轻者受处罚，重者被法办。因为拿不出橡胶国家将受制于人，无法在世界立足，不能不严明法纪，也就顾不得野生动物以及它们所赖以生存的绿色环境了。

同一次又一次难以表述的人祸、天灾相比，野生动物的侵害算是最好对付的了。30年风风雨雨过去了，橡胶树始终是海南农垦的“播钱树”。在这棵“摇钱树”下海南农垦人口达到了百万，国产橡胶的70%是由海南提供的。

至今，海南全岛还有80株橡胶母树，树龄在84年以上。最大的树围2.4米，树高32米，树冠障空，翠云交干，躯干上刀伤累累，疙瘩瘤丘，“老皮张展黑龙鳞”。这些母树是海南开发的活见证，它看着许多农垦人在它旁边倒下了，骨灰又埋在了它的脚下，它看着第三代农垦人长大成熟……

如果从何麟书算起为第一代农垦人，现在已到了第三代。第一代和第二代农垦人是从四面八方来到海南，第三代农垦人则是千方百计地要出去，他们把生意做到了美国、韩国、日本、中国台湾、中国香港、肯尼亚、新几内亚等十几个国家和地区。这一代人的眼光也不再只盯着橡胶……但是，无论现在的海南怎样开放，怎样引人注目，也不能轻视农垦。

农垦系统的收入仍然占全省工农业总产值的1/4。在“文化大革命”时期，中国曾一哄而起地建立了许多生产建设兵团，随着“文革”的结束也一哄而散了。唯有新疆和海南仍然保留住了早在“文革”前就已经建立起来的庞大的农垦大军，他们不是一哄而起的产物，也不可能一哄而散。历史可以戏弄“文化大革命”，“革命”甚至也可以戏弄历史，却不能戏弄土地，不能戏弄新疆生产建设兵团在戈壁滩上创造出来的一块块绿洲，和海南农垦战士种植的橡胶林。

铁干钢肤的橡胶母树，是功不可没的，曾接受了种胶工人80多年的谢拜（每逢割胶季节，割胶工每天在割胶和收胶的时候，都要给胶树“做拜”），是不容亵渎的。记不得是谁写过这样两句诗：“材大贤于人有用，节高仙于世无情”。用来做寿联送给橡胶母树是非常合适的。

橡胶不是泡沫，农垦业曾是海南经济的根。随着海南的发达，希望这根不要被砍断，而是越来越粗壮，根深叶茂，大树落落。

第二章　山水之乐

大自然之“大”——光雾山漫笔

我真孤陋寡闻得可以，在接到“光雾山笔会”的邀请之前，竟从未听说过这个山。

“光”和“雾”，又有光，又有雾，充满现代意象。心想这是一座古老的山，还是新发现的山？抑或是给老山取个时髦的新名字（这种事并不是没有发生过，商品时代喜欢改名换包装）？后来，我都进了光雾山，还仍然对“光雾”两个字不明所以。

第一天游览，年轻的导游张口就说：“光”就是“都”的意思，光雾山即“都是雾的山”。当光雾山雾最浓的时候，随手在空中抓一把就可以捏出水来。正如当地民歌里所唱的：“哥在山中抓把雾，轻轻捏出数滴水；妹在山中唱支歌，甜得漫山细雨飞。”

我越发的一头雾水了，如此说来应该叫大雾山，或云雾山，与光何干？当时我们就站在明亮的阳光里，“光”是有了，却不见雾在哪里？或许导游指的是光雾山的主峰，它处于雪线之上，经常云遮雾绕，扩而大之便玄虚成“都是雾”的山了。

后来查资料，见《蜀中名胜记》载：“孤云两角，去天一握，有石刻萧何月下追韩信，下有韩溪……”我曾在韩溪（现在叫寒溪）里洗过手，也顺着萧何追韩信的小路走过一遍，体味萧、韩两人当年一个假跑一个真追的心境。当时韩溪也天遂人愿地突然溪水暴涨，给了韩信一个冠冕堂皇的理由，坐下来让萧何追上。于是便留下了“截贤岭”，和流传不绝的歌谣：“不是韩溪一夜涨，哪得汉家四百年”！

其实光雾山，就是历史上的“孤云山”。

它是大巴山脉中的一支。然而就是这一支，方圆就有3400多平方公里，群山横苍苍，列峰摩天根，或巉崖嶙峋，或绝壁如削。奇山出奇景，伟巨而诡秘。其中60%为原始森林，植被覆盖率达96%，古木森然，繁阴凌乱，烟埋草没，绿苔斑斑。高低上下，前后左右，随你朝哪个方向看都是一片大绿：深绿浅绿，嫩绿老绿，水绿墨绿。这样的绿，真绿得雄浑，绿得深透，绿得波涛汹涌、无边无际，绿得清冽空灵、不可思议，连空气都是绿的，后来连我的感觉也变成了绿的。

但，每架山的峰不同，谷就不同，谷不同水就不同，山水不同树木就不同，因此绿的也不同。若是只凭两条腿，在绿的迷阵中钻一天也看不了两个景区，后来我们坐上车在光雾山里钻。路转千盘，崖临百丈，高树依岩秀，山竹修如云，看哪儿都不错，可看了几天也未能看清光雾山的全貌，也可以叫真貌。

或许就是在那个时候，我忽然间体会到，人类为什么要称呼自然界为“大自然”了！

人对自然称大，是深切地感到了自己的小。人和山比微不足道，人和树比同样微不足道，还处于原始生态的大林莽，气势沉雄，野性四溢。远看它孤寂而阴郁，走近却感到充满动感，不停地在变化着容貌、颜色和形状，奥妙无穷，神秘莫测。平时人们无论多么向往大自然，此时却无人敢深入其中，独享大自然的亲近抚摸。

在光雾山里，时间仿佛是静止的，就像神话传说的那样，“天上方一日，世上已千年。”这里是人间天上，还完好地保留着大自然的原生态。经北京林业大学和四川林科院考察的结果，光雾山尚保留着2300多种野生植物，195种野生动物。有一种被称为“冰川时期活化石”的树木叫“巴山水青冈”，我看它却青枝绿叶，生机蓬勃，仿佛冰川时期就是昨天的事。此树小的粗如手臂，翠色含烟；大的要两三个人才能搂抱得过来，树干光滑挺直，手摸上去坚硬如钢铁，树冠直上干云，遮天蔽日。如此珍贵的树木自然生长缓慢，极其稀少。而光雾山的野生水青冈林竟有5

万亩之多！

在这里，时间之所以像凝固在原始状态一般，是因为我在光雾山甚至看不到“大跃进”和“文化大革命”的痕迹，奇怪这里铺天盖地的原始森林怎么没有被砍了去大炼钢铁？在盛行毁林造田的时候怎么没有被烧掉？是因为它太大了，自卫和再生能力强盛？还是它接近川、甘、陕三省的交会处，山高林密，路险人稀，才得以幸运地躲过了一场场浩劫？

我曾经读过一份公开发表的调查报告，报告引用德国环保专家的话说：德国的环保堪称世界第一，在原生林被彻底毁灭后开始人工生态建设，到处都是整齐划一、郁郁葱葱的人造林，看上去很优美。可是在遇到火灾、虫灾和酸雨袭击的时候，就不得不耗费大量人力物力去保护，人工林永远像个长不大的孩子，要想达到与大自然同等的生态建设能力差之甚远。单单是人工林和原生林之间就存在着人类现有技术无法逾越的鸿沟，因此美国的生物圈二号实验失败了，国际上也公认埃及的阿斯旺大坝是得不偿失……

而他们认为，中国的环境就比德国好得多，因为还保存了大片的原生林。和人工林相比，原生林才是“活”的，它具有自然演化、自我更新的能力，具备了适合地貌和气候的生态系统，包括完整的从初级到顶级的食物链，对自然灾害自有其适应和恢复的能力。原生林不仅有着森林的全部功能，而且还是宝贵的动植物基因库。在德国的青山绿水间却找不出一种能拿得出手、上得了镜，可以作为国家形象代表的珍稀、濒危和国家特有物种，所以他们的生态学者非常羡慕中国原生林中的生物多样性，其中哺乳动物居世界第一，两栖类动物居世界第二，鸟类居世界第三，高等植物拥有量也位列世界第三。

中国是当今世界上十二个“巨大生物多样性国家”之一。

老实说，我在刚刚读到这份材料时心里并不是很踏实，我们真的还有德国人所说的那种原生林吗？如果有的话在哪儿呢？这次在光雾山见到了40余万亩原始森林，始信德国人所言不虚。我一直以为我们的森林遭到了毁灭性的破坏，不然森林覆盖率何以只相当于德国的一半？想不到在大山深处竟剩下一些未被毁坏的原生林，在中国谁知道还有多少这样的“大山深处”？说来令人汗颜，我对自己国家的生态状态竟不如德国人了解得更多。

这就是光雾山告诉我的，为什么人们称自然界为“大自然”？大自然“大”在哪里，什么样的自然才称得上“大”？

人造自然，不是自然。无为无造，万物自相治理，自然出天姿，天地任自然。

“大”才能“自然”，“自然”才“大”。

灵山胜境

大美须有大智。灵山胜境，“胜”在灵感。灵感是人类极其神妙而珍贵的一种精神活动，世间恐没有人不渴望自己有灵感。石破天惊的灵感，催生出神入化的创意，然后才有可能创造经典。灵山，首先是“地灵”，有太湖千万年的哺育滋养，钟灵毓秀就具有了特殊的灵感。古往今来吸引各种“人杰”到此，并能最大限度地激发他们的灵感。“地灵”加上“人杰”，以后的诸多神奇，便顺理成章了。

如秦始皇统一中国后东巡至此，似乎连他的神驹都灵感大发，“秦皇到此马留迹”。至今崖上犹有四只蹄印，是谓“马迹山”。后被人简化为马山。当时秦王被灵感鼓动得神思飞扬，不觉将右履落于山间，为后人留下了“秦履峰”的名号。而灵山得名，是来自中国佛教文化史上的奠基者——玄奘的灵感。他到此见层峦丛翠、风物佳嘉，惊呼：“无殊西竺国灵鹫之胜也！”遂为此峰定名“小灵山”，命大弟子窥基于此开法，世称“小灵山寺”，后更名为“祥福禅寺”。灵山大佛，正是建在这寺后的小灵山上——1994年4月10日，如电光石火般提出这个建议的，是当代佛教文化界的尊者赵朴初。他本身就仿佛是我们这个民族的一种灵感，由他总摄纲维，众缘和合，灵感碰出灵感，天才引来天才，以绝伦逸群的才智创造了“净土人间”的灵山奇迹。正像自由女神像点亮了纽约的精神意象、升华了城市的品格和境界一样，“身与云齐、目垂海众”的释迦牟尼大佛，是灵山胜境的灵魂，且成就了我国东（灵山大佛）、西（乐山大佛）、南（香港天坛大佛）、北（云冈大佛）、中（龙门大佛）“五方五佛，五佛五智”的融融大千界。

灵山胜境，之所以引人入胜，首先是在创意上有一个天圆地方的阔大格局，胜境中的大型建筑超越想象，创造了佛教建筑形态的最高境界。而在每一个最微小的细节，又能做到精益求精、尽善尽美。如梵宫华塔的灵感，是来自“莲花藏世界”。其状若含苞待放的莲花，高低错落，遥指苍穹。在一层层转圜向上的花瓣间，含藏着一座座精巧的佛寺，数十丈高的华塔，提升着千万朵莲花与千万座佛寺，“寺依花立，花聚成塔，塔在寺中，寺在花中”，环环相依，重重无尽。而巨幅琉璃的使用，是从“华藏世界”的立意中获得灵感。五光十色的琉璃，在融融火光中铸为群山，泻为海水，流为祥云，化为飞禽走兽、奇花异草，映现出华盖、身光、莲台等诸多神圣的图像，八角垂芒，精光乱眼，呈现出变幻莫测的华藏世界。“五印坛城”是诸佛会聚的完美世界，是智慧普度之地，灵感得于四周环绕着八山八海的须弥山，此山被尊为世界的中心。盈盈一水，隔开执着与忘情的两般世界，而坛城则坐落于香水海中，城的下部为一片明丽的白，上部有一抹沉郁的红，摩缘接栋，红白辉映。“白是普降甘霖，怀柔万物的慈悲；红是抽刀断水、浴火重生的智慧”，在此圆融欢畅，追逐着永恒。

梵宫的巨大体量，无与伦比的庄重气韵，体现出的却是强大的内在力量。现代社会由物质贫乏，走进物质主义；由精神空虚，走向精神多元；由偏执简单，走到喧嚣轻浮；因此格外需要能够以重压轻、由外及内的文化力量，感召和净化人们的心灵。无论建筑还是人，唯内心的力量最强大。这也正是灵山之所以能成为胜境的意义。灵山有一种令人不敢轻薄的崇高和辉煌，只要进入灵山，自然而然地会肃然起敬，心灵无法不被触动、不被震撼，就像每当“九龙灌浴”、莲开见佛时，总有白鸽自周围的青山中飞出，鸢飞鱼跃，贤愚美丑，生命在此一律得到净化。众生和合，自净其意，廓然无累，不囿所有。

这就是圣地，这就是经典的力量。灵山不愧为众生的心灵归所。近几十年来，我们拆了建，建了拆，造了多少为人所诟病的建筑和“豆腐渣工程”？新建的无数楼堂馆所，有最大的、最奢华的、最古怪的，也有一诞生就被起了外号、编了段子的，还有花钱最多的……可有几个是被交口称赞的？能成为经典的更是寥寥无几。而灵山胜境，风光绮丽，人文凸现，“山是金刚体，水是清净心”，作为建筑艺术的瑰宝，不仅是对现代物质世界的巨大贡献，它闪现着的精神之光，更能提升现代人的生命质地。

灵山胜境，以灵为胜。胜境，胜人。

今日花果山

傍晚，飞机在蒙蒙细雨中降落，我便带着一身水汽走进了水汽蒙蒙的连云港。40年前我当海军制图员时曾绘制过连云港的海图，依稀还记得此港海底舒缓，滩涂平阔，北有臂弯状的山角环卫，外有一狭长的海岛屏障，颇符合“负阴抱阳，冲气以为和”的特征。见了真实的连云港却对不上号，处处都觉得新奇而陌生。

华灯初上，闪闪烁烁，风生灯影动，雨在光里飞，城市被冲洗得极为洁净。连云港盛产水晶，整个城市也如一片璀璨炫目的水晶世界。大道宽阔平直，市区空间疏朗，没有多少高楼大厦。想不到在东部沿海还有这样朴实自然的城市。也许正由于此，才使得连云港人也格外诚厚可爱。我可以举出一件小事来证实，我来连云港是参加一个笔会，来到后就关在宾馆里纠缠于文学之中，或者说被文学所纠缠，直到要离开的前一天，主人才说连云港有个花果山。我连问好几声：哪个花果山？是《西游记》里的花果山？难道它在连云港？他们请我来的时候可是一句也没有提连云港还有一座经典的大山。依照现代人的市场意识和广告习性，请人家到自己这个地方来先要大吹特吹自己的优势，这优势里首先就是名胜古迹和风景点。有两个省不是为了争夺谁拥有一位古人的故居而准备闹上法庭吗？也许连云港人更会制造悬念，至少说明他们没有猴性，倒有一份平静的自信：以港为荣，不以山傲，是连云港有个花果山，而不是花果山有个连云港。

谁能相信石头里会蹦出一只活猴呢？我从来就没有想过世界上会真有一个孙猴子的老巢——花果山水帘洞。可既然来到它跟前了，不管真假也应该去见识一下。第二天清晨，我们乘汽车轻快地驶出了市区——在中国像连云港这样不塞车的城市已经不多了。

雨后的天空清澈而辽阔，阳光灿灿，空气温润、清新。车窗外展现出平坦而饱满的秋野，由成熟的晚稻构成主色调：金黄。其间镶嵌了一片片翠绿色的菜园，田埂上装饰着星星点点的五色野花，姿姿媚媚，斑斓多彩。在这种花团锦簇又飘着清香气的大平原上跑车最是惬意，我放开视野，深深地呼吸，不知不觉地进入了花果山风景区。汽车转了两个弯，眼前便陡然出现一座大山，云遮雾罩，似隐似现，景色也随之大变。一团团的浓绿取代了金黄，包围着汽车，挡住了视野。汽车顺着山道缓慢地缠绕着盘旋着，身不由己地就钻进了大雾之中，山路变得恍恍惚惚。水汽潇潇，轻烟漠漠，杳杳千峰失，霏霏万壑连，就像碰上了“鬼打墙”一般突兀。越是升高，雾就越浓，光线昏暗，沉涌浓迷，花果山影影绰绰，如幻如化。

我们只有下了汽车，跟着一位热心的“花果山通”，梦游般地往山上爬。浓雾中看不清山上的景色，这反倒增加了花果山的神秘感。引导我们的人原来是花果山管理处的处长，一个中年汉子，红脸大耳，一身福相，活脱脱就是一尊在《西游记》里经常出来给唐僧师徒带路的土地神。他对花果山的来龙去脉、一草一木都烂熟于心，讲起来如数家珍，玄妙有趣，一下子调动起我们最大的想象力，雾中的景致变得有些光怪陆离了。他说：“经过数十年仔仔细细地考证，这座花果山跟吴承恩在《西游记》中的描述一般无二。国近大海，海外有一国土，就是指连云港，连云港外有一个东西连岛，岛的两端都有高山，与花果山遥相呼应。花果山乃十洲之祖脉，蓬莱、方丈、瀛洲三岛之来龙，势镇汪洋，威宁瑶海。山上到处都是丹崖怪石，削壁奇峰，满山寿鹿仙狐，灵禽玄鹤，珍花异草终年不谢，苍松翠柏四季长春。最奇的就是山顶上那块长形巨石，受天真地秀、日精月华，感之既久，遂能通灵，一日忽然迸裂，产下一石卵，见风而长，化为灵猴。他就是后来得成大道的孙悟空……”

我感到“土地神”处长是在背《西游记》，滚瓜溜熟，声情并茂，极富感染力。至少，他的讲解使我们登山变得容易了，腾云驾雾般地就攀上了山顶，见到了那块能生出孙猴子的大石头。后人为它建了亭子，立了碑，上面洋洋洒洒地刻了许多文字——最神奇的还是文字，有文字为证，谁想否定它就难了。特别是经典著作里的文字，不管它是神话还是虚构小说，后人一定要考证出跟它相对应的事实。但是，光有这么一块大石头似乎还不足以证明这就是花果山。“土地神”看透了我的意思，带领大家来到一个较为平缓的山坡，像变戏法一样不知从什么地方掏出了几包花生分给大家，然后一声呼哨，呼啦啦从浓雾中蹿出来一大群猴子。

这些猴子十分张狂，根本等不及我们喂它，如旋风一般扑到我们的身上来争抢，冷不丁吓了大家一跳，手里的花生全都掉在地上。一只大猴居然跳到南京大学一位老教授的肩头上，前爪放在老教授的头顶上，又蹬又抓，还呲着嘴发出吱吱的怪叫。我们想喂猴反被猴戏，果然是大圣的子孙！我相信这里就是花果山了。

刚才蹲在一边不动声色的猴王，猛地冲过来霸占了落在地上的花生，把其他想吃花生的猴子咬得吱吱乱跑，不敢近前。这时一只母猴，向大公猴扬起屁股，作发情状，猴王便不紧不慢地走过去与之交配。作为交换条件，那只母猴就可以吃地上的花生了。其他猴子也趁猴王正扬扬得意地进行性表演的时候，跑过来抢食花生。“土地神”则冲着公猴大声呵斥：“咳，咳，成何体统！”众人大笑，我却有些生疑，孙悟空虽然顽劣透顶，闹天宫、偷蟠桃、窃仙丹，倒不曾有好淫的毛病。在去西天的路上，有多少妖精化作绝代美姬勾引他，都不能使他动心。如此看来真是世风日下，现在花果山上的这些猴子，俱是大圣的不肖子孙！

这让我想起曾经读过的一本西方人类学家的著作，她在非洲的丛林里生活了许多年，观察跟人类最为接近的黑猩猩。当一个家族中为首的雄猩猩捕获到猎物以后，其他猩猩都不敢靠前，这时会有雌猩猩向它露出外生殖器，并因发情而变红，吸引雄猩猩与其交配。雄猩猩就会撕下一块肉扔给雌猩猩，雌猩猩或者自己吃，或者分给自己的孩子吃。这就是“食色，性也”的来源。人类的初级阶段想必也是用色交换食物，或者用食物去交换色。今天花果山的猴子只不过更随便些罢了，为了几个花生也可以卖身。

更令人惊异的是，我们在给群猴喂花生的当口，山上的大雾竟悄无声息地消散了，像来的时候一样突然。花果山立即变得通透鲜明，让我们看清了它的真容：峰峦与天齐，谷壑生层云，古树参天，绝涧流声，倏忽猿声起，惊鸟争堕叶。此时的“土地神”也笑容灿烂，风神朗朗，大步领我们来到花果山最为引人入胜的地方——水帘洞。

这里危石倒挂，银河从天而下，悬空喷射，飞珠溅雪。洞口烟雨溟蒙，盘云低徊，从洞内发出阵阵轰鸣，声若奔雷。洞前龙潭汇注，水影摇翠，水帘洞旁边的植物分外茂盛，枝头挂着叫不出名字的奇花异果。“土地神”一个一个地讲解给我们听，名字都很古怪，我猜测可能都是吴承恩给起的名字——花果山果然不虚。

我从一开始就怀疑，此花果山是不是《西游记》里的那个花果山？游过之后这个疑问忽然变得不重要了。不管它跟唐僧师徒有没有关系，此山都令人着迷，我庆幸不虚此行。

大别之山

大别山无疑是名山。

然而，你除去知道“刘邓大军挺进大别山”的故事，还了解些什么？中国的名山我差不多都去过了，有的还不只去了一次，却从未有机缘登上大别山，它至少在我的心里还保留着一份神秘。

同样也是两个神秘的文字，让我有机会跟大别山结缘。天津的公共汽车上，背着两个犹如用古剑拼成的大字：“迎驾”。气势磅礴，力道千钧，极其醒目。每天清晨，我都骑着车追赶这两个字，在它的引导下轻松奔向游泳馆。一次在没有准备的情况下匆忙接待外地朋友，我临时灵机一动点了迎驾酒，这个名字好，迎接大驾嘛！

在任何酒桌上，最好的下酒菜是话语。有话好说，有故事可讲，酒就喝得痛快，即所谓“酒逢知己千杯少”。不想“迎驾”还真是地道的粮食酒，于是我决定以后就用此酒“迎各方大驾”

了。说来也巧，不久便接到安徽老作家季宇先生的邀请，参加“迎驾大别山生态文化笔会”。无须“挺进”，被如此客气地迎进大别山，这样的机会焉能错过。

名山多不神秘，在中国的诸多名山之中，似乎唯大别山是个例外。这一点只有置身大别山中，才能有所感：一是因为它“大”；二是“别”，特别、大大有别于其他名山。

名山大多单指一个主峰，或有一座宝刹，或一片紧凑的风景。而大别山，绵亘千余公里，横跨鄂豫皖三省，仅是核心部位六安市，就有200多座千米以上的高峰。北望中原，南眺荆楚，东指南京，西隔武汉，群峰巍巍，气势壮阔，其特殊的战略地位极其重要。所以1947年8月刘邓大军全部渡过淮河，隐身于大别山，国民党政府便感到大事不妙，在军事上南京、武汉已成了解放军的囊中之物。解放战争也确是由此转为战略进攻。

“三山六水一分田”，天下不缺大山。大别山“别”在哪里？

这个结论是太史公司马迁下的：“山之南山花烂漫，山之北白雪皑皑，此山大别于他山也！”大自然在这里进行了“脱胎换骨的蜕变”，使其成为长江与淮河的分水岭，山之南麓水入长江，山之北麓水入淮河。不仅山的南北气候环境截然不同、植被差异极大，就是山的高处和低处也迥然有别。由于大别山被断层切割成许多菱形断块，山麓线挺直，山地多深谷陡坡，且坡向多变，地形复杂，随着海拔的变化，山地有别，气象有别，草木有别，形成丰富多变的森林大观。

大别山不只是“山有多高，水有多高”，更是“山有多高，土有多高”。皇天后土，高山上的土层，其珍贵堪比山里的矿藏。于是在大别山的深处、高处有着大片的原始森林，大的千余平方公里，小的数千亩，层峦叠翠，莽莽苍苍。在大别山腹地，则有一片10万亩的“大林竹海”，郁郁葱葱，烟波浩渺，难怪处于大别山核心区域并拥有第一高峰白马尖和次高峰多云尖的霍山，竟是中国中西部的第一个“国家级生态县”。两年前联合国千挑万选，最后将“全球生态对话会”放在霍山县举行。

也正由于大别山优越的自然条件和独特的地理位置，成为古人类重要的活动基地。被尊“上古四圣”之一的皋陶，就在此地创“五刑”、兴“五教”、定“五礼”、立“九德”。而后来的孙叔敖，则施教导民，宽刑缓政，造田兴山，成就楚国霸业，大别山也便成为中原文化与吴楚文化的交会处，甚至成为“迎驾”的胜地。

公元前106年，霍山迎过南巡的汉武帝的銮驾。东汉永平十一年（公元68年），这里迎来了古印度的高僧和佛教经典，并为主峰定名白马尖，与中国第一古刹洛阳白马寺相呼应。“尖”——在宗教中表达了“对天的向往和崇拜”，不仅排在大别山前十位的高峰都叫“尖”，其他许多大大小小的山峰名称，也都追随主峰，名字里有一个“尖”字。诸如天河尖、双龙尖、霞光尖、太阳尖、鸡笼尖、堆谷尖等。

这一“寺”一“尖”，正好代表了中华文明两个重要源头：黄河流域和长江流域。也因之成就了大别之山的历史与文化基因。大别山人重情厚义，淳朴善良，有着山一般的勇气和力量，自黄麻起义后的22年间，大别山有200万人参军、参战，牺牲过半，然后迎来共和国的诞生。凛凛而大别，英雄出其间。

——这也应该是对“迎驾”的最好注释。

龙隐洞记

世人尽知，“桂林山水甲天下”。到了桂林才知道，山水已经被游人覆盖，人跟人，人挤人，满眼是人。旅游似乎就是凑热闹，随大流，赶景点，看大家都去的地方，人家去的你也去了就不遗憾。我的职业习惯是害怕扎大堆，在桂林也尽量躲开人流的高峰，看一些没有太多人去的地方。

这样游了两天之后，忽然为那些到桂林来只踩热点的绝大多数游客深深地感到惋惜，甚至是悲哀。于是就提出一个问题：桂林最值得看的景点——就是不看它等于没有到桂林来的地方是哪儿？并请当地朋友随意向游客征集答案。

临离开桂林前，反馈回来的结论是一致的：漓江。

这在我的意料之中。我也不会忘记游漓江的情景，买票要排队，上船要排队，游船出发要排队，到了江上还要排着队行进……阵势颇为壮观，有点像海军的舰艇编队。这不足为奇，人们从世界各地涌向桂林，就是奔着漓江来的，乘船游一下漓江就把桂林山水的精华都看了，回去对打问的人也有了个交代。

漓江确实美不胜收。但，光游漓江和几个大溶洞，只能算看了桂林的表面，没有见到桂林的内里，只知“山水甲天下”，不晓“周南太史书”——这是南宋才子陈说对桂林龙隐洞的赞誉。他认为龙隐洞可与《诗经》《史记》比肩，读洞中石刻仿佛能感受到太史公犀利的笔锋！龙隐洞才是桂林山水的灵魂，或者说是整个广西文化的灵魂。

可是，我在龙隐洞里看了大半天，只碰到两三拨游客，稀稀落落，来去匆匆。对比那些人山人海的景点，委实是显得过于冷清了。

龙隐洞坐落于七星山瑶光峰脚边，洞分两部分。上部叫龙隐岩，其实也是洞，状如螺蛳，洞顶呈穹隆形，四季滴乳不绝，若琴声淙淙。宋人谭掞说得最贴切：“天下洞穴类多幽阴，或远水清韵不足。龙隐岩高而明，虚而有容，复临深溪……”

龙隐岩的下部才称“龙隐洞”，又是另一番景象。一端吞日吸风，一端插入小东江，舒展通透，碧水悠悠，且洞内永远都是清风徐徐。洞顶有一石槽，槽内岩石若龙鳞排列，细细密密，层层叠叠，让人一望而能想到“雷嗔斧山开，龙怒裂而出”之势，及其腾飞后留下的痕迹。但，更重要的还不是洞本身的奇特，而是洞里的内容——二百多件石刻。

几乎可以说是一部中国古代“贬谪史”，它记录了宋、元、明、清四个朝代，共八九百年的政治斗争和军事征战的重要事件，以及农耕状况和宗教传说……这是独一无二的，在中国再找不到第二座山或第二个洞具有这样的内涵。

现在被誉为“山水甲天下”的桂林，过去曾是令人畏惧的“瘴乡”。《桂海碑林》一书引用古文献记载，称广西“天气炎热，地气卑湿，结为瘴疠，瘴气弥盛……其瘴，春曰青草，夏曰黄梅，秋曰新禾，冬曰黄茅。又有曰桂花、菊花者，四时不绝，而春冬尤甚”。唐人谚云：“青草黄茅瘴，不死成和尚！”

因此，广西成了遭贬谪的官员流放之地。这些来自开放的京城或中原地区的人，常会碰上“蒸郁为疠”的岚烟氛雾而致病，能侥幸不死的也会脱层皮，毛发掉光。于是广西就被士大夫们指斥为杀人如麻的“大法场”，谈起来无不色变。

越是如此，历代朝廷就越要把政治斗争的失败者贬到这里来，他们把京城的文化风物也一并带来，无意中造成了广西的开放。久而久之，反让人们逐渐认识了桂林的真实面貌，这个令人毛骨悚然的“瘴乡”，却原来还有美轮美奂的一面。

与谢灵运齐名于江南的颜延之，性情孤直，恃才傲物，不免屡犯权要，到南朝宋少帝元年便被黜于桂林任郡太守。闲暇常在独秀峰下的岩洞内读书，并留下了最早歌颂桂林的诗句：“未若独秀者，峨峨郛邑间。”

北宋书画大家米芾的朋友李彦弼被朝廷贬至桂林，并永不起用，故心生怨气。米芾赠诗劝慰：“骖鸾碧玉林，琢句白琼瑶，人间埃壒尽，青罗数分毫。程老列仙长，磊落粹露膘。玉沥发太和，得君同逍遥。刻岩栖乌鸦，陟巘透紫霄。南风勿赋鹏，即是登云轺。”桂林第一次被描写成了仙境。

安徽人朱希颜，在任广西经略使兼转运使期间，干脆就直截批驳了“瘴乡”之说：“人言五岭地皆热，谁折一枝寒欲冰；浪道湘南是瘴乡，玉壶银阙四时凉……”“湘南”即今日的桂林。就这样，广西，当然也包括桂林，渐渐地摘掉了“瘴乡”的帽子。也正因为此，才有了桂林今日的观光旅游之盛。

这个过程全部记录在龙隐洞里。

最为惊世骇俗的当数洞里的《龙图梅公瘴说》碑。“梅公”即梅挚，北宋著名的政治家，官至右谏议大夫，他在任广西平乐县知府期间，有感于当时的官场腐败，写了《五瘴说》一文：

“仕有五瘴：急征暴敛，剥下奉上，此租赋之瘴也；深文以逞，良恶不白，此刑狱之瘴也；昏晨醉宴，弛费王事，此饮食之瘴也；侵牟民利，以实私储，此货财之瘴也；盛拣姬妾，以娱声色，此帏薄之瘴也。有一于此，民怨神怒，安者必病，病者必陨。虽在毂下亦不可免，何但远方而已！仕者或不自知，乃归咎于土瘴，不亦谬乎！”

明明是贪官污吏们在制造瘴气，是“人自为瘴”，反诬赖是大自然在“瘴人”！梅挚所列举的宋代官员的腐败行径，竟可以和今天社会上的某些现象对上号，原来腐败也可遗传。

我忽有所悟，是不是因为有了这块惊世之碑，有些官员不敢或不愿到龙隐洞来？于是也影响了对它的宣传，致使许多游客不知有此一洞，更不了解它的价值，才造成这般冷清。既想到了这儿，就按捺不住地要请教讲解者：“古代的官员，不论遭贬的还是提升的，到广西来必看龙隐洞。现在的领导干部们到这儿来得多吗？比如成克杰者流？”

年轻的讲解员诧异地打量着我，缓缓说道：“谈不上多，但也确有来的，他们只是默默地看，默默地听讲解，一般不置一词。像您这样禁不住对洞大加赞赏的，几乎可以猜得到不是领导干部，身上肯定也没有沾染五瘴之毒。”

我哈哈大笑，继而向她深深一躬，感谢她话中的美意。这位讲解员的眼睛很厉害，不是指她对我的恭维，而是指她对来看龙隐洞的人的观察。

我庆幸没有像许多到桂林来的游客那样漏掉了龙隐洞。和这个洞相比，别的地方即使都不去也不虚此行。

“野三坡”野在哪里？

在诸多名胜中，恐没有比“野三坡”更诡秘难解的了。名为“三坡”，然野三坡纵横600平方公里，群山连绵，峭崿插天，深涧裂峡，奇洞怪泉，长溪飞瀑，冰川倒悬，分明是罕绝天下的嶂谷地貌，浓缩了华北14亿年地质构造的演化史，其著名的景观是百里峡、鱼谷洞、白草畔、万仞天关……“坡”在哪里？更不要说还是“三”个？可是，古文献上确实有这样的记载：“上坡与下坡因山脉之障蔽，气候亦有不同，寒暖相差半月许。每逢春令，下坡核桃已结实，上坡始花。雨降稍迟，耕种亦随之转移。”这个“上坡”莫非是指位于海拔1983米高处的“空中花园”白草畔？

然而这里也是山势挺拔，奇峰竞秀，且为安山岩。此种地貌有三大特点：一是发育了许多造型奇异的岩柱，状人类物，惟妙惟肖，变化多端；二是发育了大面积原始森林，白草畔有万母林海，遮天蔽日，成为野三坡国家森林公园的主园；三是安山岩地貌呈红色，在这种永久的底色上，每到5月北方春暖花开之季，在白草畔冰川旁边就是千亩怒放的杜鹃，再杂以漫山遍野的五色野花，构成斑斓多姿的高空彩锦。独不知“白草”为何物？有如此丰富的色彩又因何得名“白草畔”？

其“中坡”“下坡”就更不知所指何处了？难道比白草畔略低的“龙门天关”，就算“中坡”？那这个“坡”真是好陡啊！万仞如刀劈，垂天而立，草木横生，四周千峰拱卫，怪石嶙峋，自古便是京畿通往塞外的关隘，有“疆域咽喉”之称。曹操过此曾作《苦寒行》：“北上太行山，艰哉何巍巍！羊肠坂诘屈，车轮为之摧。”长城古堡，摩崖石刻，名树古禅，山色空明，明清古迹与瑰丽的自然风光浑然一体。

照此类推，海拔应该在最低处的“下坡”，更不知属于谁了？总不能将横贯野三坡的拒马河称为“下坡”吧？此处山有多高，水便有多长，千山万壑形成万千溪流，山纵水性，水助山势，源从天上落，高峡千丈水，最终汇成滔滔拒马河。拒马河有时像它的名字一样充满野性，波浪翻空，吞吐风涛；有时清流婉转，灵脉浩浩，造就了浓郁的山水田园气象，呈现一派如画风光。似乎也不能将野三坡另一低处“鱼谷洞”称作“下坡”，它毕竟是“洞”而不是“坡”。其深约3000米，分为五层，层层有洞，洞中有洞，洞洞相通，洞内藏一湖，洞口与一神泉相连，终年不断地向外喷涌甘洌清凉的净水。之所以称其为“神泉”，自古来每到谷雨前后，洞口像喷射稻谷一样随着水流向外喷鱼，每到傍晚，山里人背着竹筐、筛子到洞口接鱼，多时可达2000斤。当地人叫作“石口鱼”，科学家称其为“多鳞铲颌鱼”，经多次考察、百般研究推测，却始终解不开“鱼谷洞喷鱼”之谜。

如果“拒马河”“鱼谷洞”算不得是“下坡”，那野三坡还有一海拔不高的妙处，但也不是“坡”，而是“沟”：海棠峪、蝎子沟、十悬峡，加在一起总长105华里，通称“百里峡”，是国内规模最大的峡谷。地拔双崖，天余一线，既气脉磅礴，又风情百态。或峰峦压顶，花木临坡；或绝壁冲天，高挂瀑泉；或奇石兀立，厄厄欲坠；或地转千弯，移步换景。峡谷内植被繁茂，多奇花异草，其中有高等植物3000多种，草药1348种，常年空气温润，清香浮动，是中国北方极为罕见的胜境。然而目前开发出来让人能够进入的不过“百里峡”的一个零头，还有近百里的长峡处于原始状态，充分保留着自然的野性。这也正是野三坡的优势所在。

或者不必先死抠“三坡”的概念，还是来谈谈野三坡“野”在哪里？无论从哪个方位、在什么样的气候条件下以及带着何种心绪进入野三坡，或尘土飞扬、燥热难挨；或雾锁霾罩、阴冷憋郁……一踏进野三坡，山青水碧，满眼葱郁，顿觉脑清眼亮，通身洁净。为什么？此处距北京市区不过98公里，其负氧离子含量竟是首都平均值的50倍，终年平均温度为摄氏23度，酷热时不会超过25度，三九严冬则不会低于14度。这也正是社会越发达，现代人越向往“野趣”的原因。还由于许多现代旅游景地太热了，太热就会太熟，太熟了自然就缺少生气，没有生气哪来的活趣和情趣？

山就要“野”！“野”了才能自成气候。唯能自成气候，才可以形成自己独特的文化景观，才称得上是胜地。在没有去过野三坡的时候，对它并没有太多的好奇。去过野三坡之后，反而对它更加好奇了，也知道了更多对它还不了解的东西……这大概就是野三坡“野”的魅力了。

神秘的武隆

在开放的时代过开放式生活的标志之一，要经常外出旅行。若想让每次旅行都有所收获，出发前设计自己的心态很重要，就像看小品准备笑、看悲剧准备哭一样。我的习惯是，看人造景致，持一种审慎的乃至俯视的心态，能让自己保持冷静与客观，或可举一反三，得到启迪；去看自然奇观，则抱持朝拜的心境，方能充分感受大自然的神妙，被震撼，被教化，被陶醉，净化灵魂，提升精神。

我就是带着这样的心态去武隆看“天坑”“地缝”，准备钻天入地，做一回“土行孙”，经历一次神仙游。现代人“钻天”并不难，坐宇宙飞船是“钻天”，乘飞机也是“钻天”，以前去武隆须翻山越岭、穿云破雾，也是从“天上”走，途中有个著名的驿站就叫“钻天铺”。现在一踏上去武隆的高速公路，即刻便进入“地心之旅”，有近百分之七十的路段是在地下穿行。隧道一个接一个，最长的9公里，连接隧洞的还有许多桥梁，真正暴露在阳光下的路段反倒成了点缀。每个洞口都题有贴切而别致的名号，其形状有别，风光各异，或高或险，或平或陡。洞内灯光闪烁，或明或暗，或红或绿……在这种神秘的光怪陆离中，听着关于武隆的故事，便益发觉得有趣。

此地靠近古代的夜郎国，后来成为黔渝结合部。当地百姓常因边界发生争执，纠纷不断，事端频频。有个聪明的知州郎承谟，让两边各选一壮汉，背上相同重量的巨石，从各自的县衙出发，相向而奔。谁跑得更快，谁那边的领土就会多一些，在两个壮汉的会合处立一界碑，郎知州亲笔题名："黔蜀门屏"。凭各自的脚力争地盘，大家心服口服。神秘之地出高人。

地球的北纬30度线，贯穿了埃及、美索不达米亚、印度和黄河四大古老的文明地区，又充满令人无法解释的魔幻色彩，此线辐射百慕大三角、埃及金字塔、世界最高处珠穆朗玛峰以及最深的马里亚纳海沟；而穿过中国的北纬30度线，则辐射黄河、长江、三星堆、死海、张家界……武隆也在这条线上。所以发现了目前世界上最大的也是唯一的"冲蚀型天坑——后坪天坑"、世界上规模最大的"龙水峡地缝"、辉煌壮丽的地下奇观"芙蓉洞"和"芙蓉江大峡谷"等集"险、绝、雄、奇"于一体的自然胜境。

好地方如此之多、如此集中，全仗造化所赐、老天钟爱。所以武隆被列入《世界自然遗产名录》。所谓“天”——就是大自然，为宇宙万物之主宰。“天坑”就是它的杰作，抑或是大自然的一种暗示、一个标志也未可知。武隆地貌八分为山，群峰森列，岗峦叠嶂，加之深度溶蚀形成一条条巨大槽谷，沟壑纵横，伏流交错……然而来到武隆东北方，这一切竟硬生生地突然在眼前消失了，或者说将武隆的一大片状美山河陡然搬到了地下。这就是“天坑”！

此“坑”绝非一般的“山塌地陷”可比。坑壁深千丈，如刀削斧砍，线条粗豪，却色彩斑斓，上面飞泉挂瀑，水声悠然，藤萝垂丝，野花张扬，间有小鸟飞出，横空盘旋……待下到坑底，完全像进了另一个世界，白云在坑口浮荡，四周一片静谧，坑内生长着原始植物，草深苔绿，急流深潭。坑中有坑，坑外套坑，其境如诗如画，如幻如梦。名为“天坑”，实乃仙境。而从“天坑”到“地缝”，要穿过羊水河峡谷，途经天龙、青龙、黑龙三座“天桥”——非人工建造，而是天然生成的三座巨型石桥。其中青龙桥之高、桥板巨石之厚，均为世界之最。

武隆因境内的武龙山而得名，其山“逶迤如龙，下有空洞”。因与广西一地同名，于明朝1380年改“龙”为“隆”，寓意兴隆，但当地人状物取名还喜欢多用“龙”字。天龙桥、青龙桥、黑龙桥蜿蜒排开，遮空蔽日，龙气森然。正如长白山上的老山参旁边，总会有蟒蛇盘踞一样，在“大炼钢铁”之前，武隆被茂密的原始森林所覆盖，在天生三桥上终年有老虎守护。每到夜色降临，老虎对着“天坑”方向的万丈深洞嘶声吼叫，山林震荡，百兽变色。因此武隆人尊老虎为“山王菩萨”，礼敬有加，感谢它们千百年来很好地为武隆护卫住了大自然的馈赠。至今青龙桥头还住着两户农民，代替老虎守护“天坑”“天桥”，被称作“虎民”。

“地缝”就愈加神奇，真像地球活生生在这儿裂开了一道大缝。人在极度惭愧时会说“恨不得找个地缝钻进去”！真若钻进武隆的“地缝”，却别有洞天，美妙无比。里面布满珍珠般的小湖泊，串起这些珍珠的则是一条条明涧、暗河，或在石下潜流，或在脚边汩汩急奔。由于狭缝内温暖湿润，植被茂盛，且多有奇花异果，空气中弥漫着阵阵清香。缝道险峻幽深，两侧怪石嶙峋，越往深处走，我就越好奇，也越加兴奋，疑惑着这样一直走下去，会不会就能进入科学界正在破解的“地下王国”？近年来一些考古学家和人类学家，不是断言地球内部是空的吗？断言里面还存在着高等文明，在北极、秘鲁、土耳其以及中国的敦煌、贵州安顺龙宫，都可能存在着通向“地下王国”的入口。武隆的“地缝”为什么就没有这种可能呢？

武隆的神秘就在这里，武隆的魅力也在这里。此外还有仙女山森林草原。上个世纪末，重庆一离休单身女干部来武隆旅游，为仙女山的绮丽风光所迷醉、所倾倒，在草原上邂逅了当地一丧偶老农，就像神话传说一样两人一见钟情，迅速成婚。十几年来他们的日子过得生动而愉快，续写了仙女山传奇，并成就了一段人人称羡的佳话。

或许有人不解，现代人都想方设法往大城市钻，一个本就生活在大城市的离休干部，为什么愿意嫁给偏远大山里的农民？“老仙女”不仅感情丰富，智慧也有富裕，如今好风景都在偏远的地方，近处有景多是人造的。现在的穷也有两种，一种是大城市里的穷，一种是被大自然宠爱的穷，大城市里的穷，这儿没有；这儿的富，大城市里也没有……

此外还有芙蓉洞、大峡谷等神奇之地，可惜没有篇幅细说了，留待下次再写。

横琴变奏

珠海多“珠”，有大大小小146个岛屿，如一颗颗翠珠撒落于海。

其中，最大的一颗是横琴岛。分大、小横琴，若两把古琴摆放于珠江口外的碧波之上。千万年来，吟风啸浪，相对而鸣，或急或缓，如泣无诉……

珠江三角洲多“门”：江门、虎门、崖门、横门、斗门、澳门、磨刀门、十字门……横琴岛有两个门，西面磨刀门，东面十字门。出此门向东，便是伶仃洋，与珠海的外伶仃岛遥相呼应，更像是横琴的知音。

在外伶仃岛的巨石上，刻着文天祥的千古绝唱《过零丁洋》：“辛苦遭逢起一经，干戈寥落四周星。山河破碎风飘絮，身世浮沉雨打萍。惶恐滩头说惶恐，零丁洋里叹零丁。人生自古谁无死？留取丹心照汗青。”

文天祥为江西庐陵人，在赣江的十八滩中确有一个“惶恐滩”，江流湍急，礁群狰狞，令行船者惶恐惊怖。原本是宋将的张弘范，降元后成了灭宋的统帅，逼迫被囚的文天祥以南宋丞相的身份写信招降坚守在十字门的宋军统帅张世杰，文天祥一挥而就写出这篇七律。

——这也是大小横琴发出的第一次激昂壮烈、椎心泣血的鸣响。时为1279年，大宋王朝覆亡于此。遂使十字门成为古时最著名的一个“门”，并成就了宋人在此“门”上演了全本的“忠、义、节、烈”大传奇。

“忠”的主调，当是由文天祥完成。他被俘后几乎所有的元朝高官和已经降元的宋廷同僚，都费尽心机劝降他，想借他的投降而立功，却都被文天祥或讥或讽或骂地顶了回来。而元朝刚立国，急需治国能臣，开国皇帝忽必烈遍访大臣，又大都举荐文天祥。他不得不亲自出面招降，并许道：“汝以事宋之心事我，当以汝为宰相。”

文天祥却不为所动：“我为大宋宰相，安能事二姓！惟愿一死，足矣！”

忽必烈无奈，又招来早被囚于元营的宋恭帝做文天祥的工作，皇帝劝自己的宰相一块投降敌人，这在中国历史上绝无仅有。自己的皇帝出面，文天祥只好收敛锋芒，连说：“圣驾请回，圣驾请回。”让这个倒霉的皇帝碰了个软钉子。文天祥在一污秽狭小的土室里，被囚了两年多才被杀，遂留下了不朽的《正气歌》。其耿耿忠心被史家誉为“三千年不两见”！

而将一个“义”字诠释得淋漓尽致的，是十字门守军主帅张世杰。明知大势已去，如果投降不仅能保命，还可享受荣华富贵，眼前就有例子：敌营的主帅是他的叔伯兄弟，降元后又被委以重权。他的外甥降元后也有个不错的功名，并三次进帐招降于他。但张世杰始终正气凛然，誓死尽职。最后时刻，他挺立舵楼，迎着飓风对天呼号：“我为赵氏，仁至义尽！一君亡，复立一君，今又亡。我若不死，只望敌兵退后，别立赵氏后人以存社稷。今又遇此，岂非天意！”登时海天变色，狂风呼啸，怒涛如山，刹那间大海便将张世杰和他的战船以及残余宋军，全部吞没。但历史，留住了他的英魂。

与文、张同朝的陆秀夫，背着小皇帝跳海，则将“节、烈”推向极致。陆秀夫是宋景定年间的进士，同榜的状元便是文天祥，古人称“忠节萃于一榜，洵千古美谈”。1277年5月，为逃避元兵躲到广东石冈州一个小岛上的宋少帝赵昰病逝，尚不足10岁。“群臣多欲散去”，惟陆秀夫站出来力挽狂澜：“度宗皇帝一子尚在，将置其何地？古有以一旅以成中兴者，今百官有司皆备，士卒数万，天若未欲绝宋，此岂不可立国？”于是拥立年仅8

岁的卫王赵昺为帝。但南宋王朝已是风雨飘摇，君臣播越、人心惶惶，而他每次上朝“俨然正笏立，如治朝。或时在行中，凄然泣下，以朝衣拭泪，衣尽湿，左右无不悲恸”。

当看到张世杰战败，南宋王朝想苟延残喘的最后一线希望破灭，宋朝君臣除去投降别无他路。陆秀夫便“先驱自己的妻儿跳海”，然后入船舱把小皇帝赵昺请到船头，倒头泣拜：“国事至此，陛下当为国死。德祐皇帝（宋恭帝）辱已甚，陛下不可再辱！”哭诉毕，背起小皇帝，纵身跳入滚滚怒涛。此时的小皇帝已经9岁多，应该懂事了，显然也听懂了陆秀夫的话，知道陆秀夫背起他要干什么，但他不哭不闹不挣扎，不失天子尊严地随着最可靠的大臣蹈海赴死。小小年纪难得有这份烈性，与高风亮节的陆秀夫，共同完成了在中国历史上频繁的朝廷更迭中，最为凄美壮烈的一幕。

——横琴真是一座奇岛。见证过中国的历史，接受过惊天地而泣鬼神的历练，随后竟能把自己藏起来。从历史的大热闹中毅然抽身，回归简朴与自然，在人们的眼皮底下淡出了人们的视线。横琴这一藏就藏了七百多年，藏风纳气，休养生息。直养得山清水秀，土地丰润，就连牡蛎，都格外肥美……岛上“百步万棵树，块块奇石都是景”，晴天十步一瀑布，雨时处处有瀑布。岛的四周，海湾像花边一样相互勾连，或沙滩绵延，或怪石嶙峋……

终于，横琴等来了自己的时刻，2009年8月，国务院批准建立珠海横琴新区及其总体发展规划。曾经的壮怀激烈，曾经的大浪淘沙，都化作丰厚的精神积淀，培养了横琴的沉实、从容与大气。谋定而后动，后发而先至——在人类社会的发展与进步中，屡见不鲜。

琴弦已调好，总谱业已写就。而此时的横琴，视野雄阔，气度朗健，要弹奏新的“十字门变奏曲”：大海扬波，清风鼓荡，十字交汇，门通天下。

横琴必兴，又将震古烁今。

一地福字

占尽大海优势的三亚还多山，翠峰如屏，岚气缭绕，以千米以下为主。正应了那句老话，“山不在高，有仙则名”。南山上有大洞天和小洞天，一些名人喜欢在这个神仙府邸题词：“洞天福地”。而普通游客就会发问：福地在哪里？导游一头雾水，很难作答。

笔会中不知哪位高人，灵机一动买来大捆红宣。12月11日午后，热带冬日的阳光，灿烂而温暖，伴着徐徐海风，令人心神怡荡。人们在小洞天下面的草坪前，摆了数排长条桌，来自大陆、台湾、香港、澳门的书法家，挥毫大写“福”字。

几个小时后，草坪上铺满了大红的福字，直延伸到海边、路边，当傍晚的落霞映红小洞天，直觉得通红的福地铺展得无边无际。

在笔会闭幕前的交流会上，台湾书法学会理事长谢季芸说，看到大陆有位书法家能写楷书非常吃惊……她的“吃惊”令我震惊。由于两岸文化隔膜，台湾的书法权威竟以为大陆书法家写不了楷书！

我以为除去两岸书法界缺少交流，还跟大陆有些书法家，特别是主流书法家，只顾张扬艺术个性，忽略了书法最基本的共性和传统之美，甚至以丑为美，以“鬼画符”掩饰基本功的欠缺。不要说台湾朋友误解，连我都觉得有些书法家不会规规矩矩的写字。

这次两岸的书法家在小洞天下以“福”会友，场面生动，令人感动。使我想起古文字功力深厚、能写很好的楷书和隶书的李之柔先生论书法的四句话，用以形容这次文化交流，似很恰当：“修己之美，成人之美，各美其美，美美与共。”

洪雅之“雅”

当今世界，确乎是“俗世”。从虚拟的到现实的，随处是俗，满眼见俗。当俗到家了，人们又开始渴盼雅，遂有“国学热”“汉字英雄”……乃至全民大旅游、大迁徙，或远飞高走，或竭尽所能四处寻寻觅觅，寻觅什么？好的“景点”“适宜生存”的福地。

就在这时候，有两个大字，横空出世般吸引着人们注目——“洪雅”！

《词源》解释：“洪，大也。”洪雅即“大雅”。

然“洪雅”得名，并不是今人的智慧，而是古人的远见卓识。北周武帝时期（公元561—578年），借洪雅川之名在此立镇，隋文帝开皇十三年（公元593年），由镇升格，设置洪雅县。一直沿用至今。古人似乎预见到，这个地方有一天因避俗，会成为令人心向往之的胜地。

那么这大雅之地，雅在哪里？

大绿为雅

人们只道，圣人最雅，文化经典是雅。岂知“文章书案山水，山水天地文章”。

且看洪雅的山水布局，便知什么是大手笔。一手携成都平原，一手牵川西大山区，由西南向东北，梯次形成高山、中山、丘陵（依次是深丘、浅丘）、台地、河谷、平坝，天下所有的地形地貌洪雅几乎全有了。山，有与峨眉并称“姊妹山”的瓦屋山，为古代蜀中著名的“道教仙山”；有脊线舒缓，绵延20余里，状如黛玉屏风的玉屏山；有八面联叠，峰峦危耸的八面山；以及九龙山、隐蒙山等。再加上山有多高水有多高，山泉飞瀑顺势而下，汇成大小330余条江河，流布全境，筋脉畅达。令洪雅环山带江，灵气秀发。

大自然如此造化，便决定了洪雅的颜色——绿，大绿。

颜色何以分大小？我们植树造林不知“造”了多少年，“退耕还林”也已几十年，而全国的森林覆盖率仍然只有区区16%。可见我们基本的现实是缺绿，或者说还有相当多的地方只是“小绿”，即人工造的一疙瘩一块的绿色，如垒花坛、铺草皮、种小树等。

而洪雅之绿，无边无际，铺天盖地，汪洋恣肆，势不可遏。绿，把一切都罩住、裹住！仅仅一个洪雅的西南角，我和朋友们驱车跑了三天半，硬是没有冲出洪雅大绿的“重重包围”。

大绿是立体的，从高空直绿到地面。瓦屋山海拔近3000米，直插云霄，在顶端居然有一个1.5万亩的“世界第一高山平台”，平台却不是光的，生有1万余株树龄从数千年至万年不等的古木，加上四周百万余亩的原始林木，形成全国“最大的国家森林公园”。

瓦屋如此，其他山也一样，玉屏山上的冷杉林，乔干孤直，树树凌云。苏东坡曾用过一个词极其形象：“翠扫”。洪雅大山上的树木无时无刻不在“翠扫”苍穹，把天都扫绿了。

洪雅的地势格局是“七山二水一分田”，其森林覆盖率占到70%。这大体让他们的大绿有了基色，分出了层次：森林是浓绿、重绿，灌木林的绿色则略浅，草甸是一片青翠，庄稼便是嫩绿，到饱满时会变得苍郁。洪雅的大绿从高到低，从远到近，随着季节的变化，或浓或淡，或深或浅，或重或轻，正应了坡翁的名句：“淡妆浓抹总相宜”。

大绿一定是牢靠的，强大的，蓬蓬勃勃的。当你乘车在山道上观看山上的树木，绿得密密匝匝、严严实实，有的挤成了一团团绿色的大疙瘩，膨胀着像要炸开，放射出一股不可抑制的力量和生气，天地间似乎难以装下这些绿色！

在这里，绿有一种以我为主、舍我其谁的气势。其他世间的一切颜色都是绿的陪衬。谁说绿的存在就是为了陪衬红花？在洪雅所有的姹紫嫣红，都是为了陪衬大绿。瓦屋山有60万亩举世罕见的野生杜鹃，到怒放时繁花万万朵，香气漫山野，也只是把洪雅的春绿，衬得愈加青翠欲滴。

还有夏天千米飞瀑及浓艳的各色野花，秋天遍山燃烧般的红叶，冬天的皑皑白雪，盛时极度绚丽与热闹，败时却未免太过惨淡与迅捷，只能是洪雅大绿的点缀。有了它们的点缀，洪雅大绿更显得雄浑壮阔。

天下好颜色莫如绿。大绿好看、耐看、养眼、养神。

难怪古人有言："天下之观在蜀，蜀之观在洪雅。"大雅之地，必定是一方净土，这要有赖上苍的眷顾。所以，但凡世界上的好地方，多为大自然的杰作。是大自然的恩赐，在成全着洪雅之"雅"。

大雅为“正”

大雅之地，必有古迹。古代人类文化的结晶，经过时间的淘洗和沉淀，能留存下来，当然是大雅之物，载有丰富的历史文化信息。

不必旁征博引，只说几个古村镇，便可见证洪雅之“雅”。

在瓦屋山国家森林公园的腹地，一个人迹罕至的地方，散落着一片木屋，依山而建，下必临溪，屋脊两端悬挂“木鱼”。这就是著名的“复兴村”。公元前223年，秦灭楚后，强行将楚严王族人迁徙至瓦屋山区，置严道县管辖。楚人失去了家乡，为了有朝一日能复出，便将这个新的落脚地起名为“复兴”。至今村里还存有2200年前的严道古城遗址。

其实，早在3600年前，这个地方还不叫“复兴村”的时候，就已经开始炼铜，震惊世界的三星堆早期的铜山，有两个是在复兴村。1984年，在洪雅安宁坝及中保考古发现了古人类石斧、石锛等遗物，说明八九千年前的新石器时代，“洪雅一带的青衣江流域，已有人类繁衍生息，创造了辉煌的青衣江文化”。

复兴村人，世世代代头包青步帕，身穿青色衣，其种地的农具、山歌的歌词和音调以及锣鼓节奏，迥然有别于四川的风俗文化，在蜀地独树一帜。这便是“羌风楚韵”，为楚文化与当地青羌文化融合后交相辉映的结果。他们家家屋檐下所悬挂的木鱼，则是出于对“天地水的信仰，继而衍生出对鱼的崇拜”。《三国志》载：“置义米肉，悬于义舍，行路者量腹取足，若过多，鬼道则病之。”这个风俗延续至今，山上建有一些笋棚，里面备有米、盐、柴、灶，供过往的猎人、采药者或路人取用，过往者也总是根据自己需要取来救急，并适时地予以补充。真可谓“蜀人淳厚，易可教化和多名山矣”！

人与人尚且如此，人与自然就不用说了，像复兴村这样一个完好地保留着古文明的村落，如今也几乎还保持着原始的生态环境，光是天然的珙桐林就有万亩以上。珙桐属于第四纪冰川的孑遗植物，1000多万年前，此树茂盛地遍布地球，第四冰川时期，世界上绝大部分地区的珙桐相继灭绝，唯我国西南偏僻的一些峡谷地带的珙桐得以幸存。1869年，法国神父戴维，发现大熊猫的同时也发现了珙桐，被称为“植物活化石”“绿色熊猫”。复兴村及周围的瓦屋山区，有野生珙桐林10万亩，成为“天然珙桐的基因库”。

我对复兴村还有一个强烈的感觉，是昼夜的极端分明。现代人或许只有到了复兴村，才知道什么是真正的夜晚，所谓黑夜到底能“黑”成了什么样？复兴村的夜，黑得瓷实，黑得纯粹，黑得严严密密没有一丝缝隙，黑得安安静静深不可测。我在复兴村有一夜好睡，躺在大氧吧里，直似坠入一种永恒的暗，其幽深似可通向远古，沉沉稳稳，无梦无鼾。

类似复兴村这样的古地，在洪雅还有多处。如“汉王乡”，一听到这个名字仿佛倏然回到了两千多年以前，想起淮南王刘长与汉文帝争锋的那段惨痛历史。

如“止戈镇”，此名来自“汉昭烈（刘备）与武侯（诸葛亮）会军于此，雍闿宾服，干戈遂停”。

如高庙镇和柳江镇，两镇都各有两条像模像样的河流滋润，或珠环玉绕地拥抱着古镇，或流光溢彩地交汇于镇中。世间各色人等，无论懂不懂堪舆之学，一到了这两个镇上的第一声惊呼，总是惊人的一致：“哎呀，好风水！”

镇外青山环抱，拥岚叠翠，有纵横百里的原始森林，一望无际的幽篁竹海。古镇沿江而建，两岸古木参天，繁荫浓重，掩映着一座座古朴的院落，或一个个百年的吊脚楼，碧水绕廊下，树影摇灯影。

高庙镇有“小重庆”之称，可见其繁华和地位之重。而柳江镇则人文荟萃，簪缨不绝，冠盖如云。道光三十年的进士曾璧光，就是此地的放羊娃出身，常在学校窗外偷听先生讲课，过耳不忘终成大材，官至贵州巡抚，予二品顶戴。其一生清正廉洁，政绩斐然，却一直没有自己的家，无论在朝还是外放，一律住在官衙里，“情高自比三霄鹤，衣敝何嫌百结鹑”。80岁时死于任上，鉴于他的子孙连安身的地方都没有，为抚恤功臣，清廷直接拨款在洪雅城内修建了“宫保府”，并追封他为“太子太保，谥号‘文诚’”。

所以有人以“天子门生，门生天子”来比喻柳江的文化底蕴。曾璧光的老师张带江是晚清书法大家，有“背篼装笔，马儿驮稿”的家风，他为京师贡院题写的“天开文运”大匾，受到皇帝的褒奖，钦赐他一块“恩进士”的匾额。再往前推，柳江还出过“一门双进士”的佳话……

可见，“雅”，要有人来传承，要靠人身体力行。

《辞海》云：“雅，正的，规范的。”雅——不单指有文化、学历高，甚或是官阶大、身份重，雅的核心是一个“正”字，其代表人物还有罗坝镇的田锡。公元978年，宋太宗亲策天下进士，钦点田锡为十八学士第二名（宋朝科甲前三名均为状元），并赐其启蒙读书的洪雅罗坝呵吒山为“科甲名山”。田锡生性耿直，敢做敢言，满朝颂服。历经宋太宗、宋真宗两朝，为官26年，一身正气，不趋权贵，直言时政得失，尽替民为己任。曾三次遭罢官谪降，仍勤谏不讳，甚至临终都要留下遗表，劝谏真宗“以慈俭守位，以清净化人，居安思危，在治思乱”。并再一次申明自己的主张，“安民兴农，修正举业，强兵马，丰军储”。

宋真宗阅后为之动容，对宰相李沆说：“田锡直臣也，朝廷少有缺失，方在思虑，锡奏章已至矣。若此谏官，不可多得……”苏东坡为田锡的奏议写序，称他为：“古之遗直”。《宋史》为他立传，司马光为他题写神道碑。范仲淹为他撰写墓志铭：“呜呼田公！天下正人也。”

洪雅似乎历朝历代都不乏这样的“正人”。唐代高僧悟达，原名陈知玄，洪雅中保镇人，5岁时祖父要他以花为题做一首诗，他吟出：“花开满树红，花落万枝空。唯余一朵在，明日定随风。”11岁出家，苦钻佛典，13岁有大成，在号称“震旦第一丛林”的成都大悲寺开坛讲经，“每日听经僧俗达万余人，人尊‘陈菩萨’。”钦崇佛法并尊知玄为师的李商隐有诗赞道：“十四孩提讲解经，如师年纪只携瓶。沙弥说法沙门听，不在年高在性灵。”

悟达持戒严谨，行道坐禅，只穿布衣，始终不渝，邪魔歪道曾以毒疮害他，被他用泉水一洗即刻痊愈。他毕生精修，为宝光寺开山祖师，被唐宣宗封为“三教首座”，后又被唐僖宗尊为“国师”。73岁时圆寂，得坚固子60粒，供奉于宝光寺舍利塔内。

民国后期的王廷绢，出身洪雅望族，在执掌西康司法大权期间，“杀了一些鱼肉乡里、民愤极大的土匪恶霸头子，处决了一些毒枭，使坏人闻风丧胆”。1949年因年老体衰，辞职退隐，回到洪川镇老家，不仅身无分文，还欠下了“一身债”。所谓“一身债”，折合现在的人民币不过34元，他却万般无奈，在柴房用一根绳子结束了自己无愧无悔的一生。

王安石有名言：“材大贤于人有用，节高仙于世无情。”王廷缉死后留有遗嘱，也留下了至今还为乡人称颂不已的口碑：“我平生与人无忤，与世无争。赋性急直，以致开罪于人之处很多。自出而就事以来，迄今将近四十年，解职以后，两手空空，以致生活艰窘……”后面还附上了那张负债清单。

洪雅正人的行列中，还有大义凛然的同盟会志士李保和、杂文大家杨茂修……

归根结底，洪雅之雅在于洪雅多“正人”。诸多的洪雅“正人”成就并保持了洪雅之“雅”，洪雅之“雅”又养护了这各种各样的“正人”。

当长江转头向西……

长江冲出青藏高原，居高临下一路奔腾东进，过三峡，出洞庭，在即将流入武汉之前，突然掉头向西，回流百余里，然后才又复转东去。是何等的造化，怎样的伟力，能让长江这样一条万里巨流如此流连忘返、依依不舍？就像黄河“惟富一套”一样，长江兜了这么个大湾子，为的是成就“首出庶物，万国咸宁”（出自《易经》）的传奇。这里古称“鄂南”，今为“咸宁”。处于华中腹地，东邻赣北，西望荆襄，北靠武汉，南接潇湘，气候温和且雨量充沛，四季分明又日照充足，在9860平方公里的沃土上，“插根筷子也发芽，捡块石头就是宝”。于是，媒体在对湖北省“城市魅力评选”中，公推咸宁为“最安逸的城市”。

何为“安逸”？《庄子》反证：“所苦者，身不得安逸。”《后汉记》正解：“文化潜通，天下交泰，群臣安逸，自求多福。”《宋书》有载：“域内安逸，百姓富昌。”用现在的话说，就是安居乐业，舒放超逸，幸福指数很高。在当今喧嚣躁急、多元多事的商品时代，激烈的生存竞争培植了急功近利的社会心态，“安逸”成了最困难、也是最令人向往的一种追求。

人，谁不想安逸？但，处于现代社会的安逸，是高境界、高品位，要有资格，有条件，不是谁想要就能得到的。比如深厚的地域文化形成的民俗民风，地处“楚头吴尾”的咸宁，交会融合了楚韵吴风，甚至在语言上都与周边的浙赣、荆沙、黄汉等语系迥然有别，向有“语言岛”之称。这就形成了咸宁独具一格的文化魅力。在被胡耀邦称作“统统是山，山山要通”的通山县，几乎找不到不会打山鼓、唱山歌的人，只要有人吆喝，一只山鼓、一把胡琴，霎时间就能聚集一群乃至一大片人，或高腔，或小调，或急口令越唱越赶劲，或彼此对歌妙趣横生令人捧腹……一个个音调高亢婉转，穿云裂帛。唱词有时土得掉渣，有时美得出奇，小女子竟然呼情郎为“贤哥哥”。“贤哥哥”若歌词不雅，“贤妹妹”就唱着歌数落他是“出大菜”，或是“带粪”，形象而巧智。山歌一唱起来，唱的人动情，听的人沉醉，你唱完我唱，我出题你答，有分有合，有呼有应，一片欢笑，一片甘醇。他们的歌是从心里自然流淌出来，既是民间习俗，又出于自己的快乐和满足。走遍通山，处处都是“星光大道”，村村都有自己的“好声音”。就连年轻的女县长，原本是法学博士，随口也能唱上几句："通山泼墨千年画，富水隐弦万古琴……"

——这难道不是一种令人艳羡的安逸吗？

若说安逸需要有资格，那就是辉煌的历史积淀培养出来的一种从容和淡定。长江在咸宁迂回激荡，仿佛就是为了在这儿上演赤壁大战，在浩繁的历史长卷中写下精彩的一笔，成全苏东坡的千古绝唱："大江东去，浪淘尽，千古风流人物……"拥有过这样的豪气，才敢谈淡定，才敢说安逸。与赤壁相对应的，是咸宁东部的制高点九宫山。《太平御览》载："晋安王兄弟九人建九宫于此，故名。"南宋淳熙年间（1186年）道中高人张道清携皇帝之诏上山开辟道场，遂成为南宋宫廷御制派道教圣地，与华山、崂山、龙虎山、青城山并列为五大道场。同时又是中国唯一一座阿弥陀佛道场的佛教名山。佛道一山，相得益彰，相容相敬，这就叫"安逸"。且是第一等的"安逸"。或许正由于此，神将岳飞、元代开国大帝忽必烈等各色雄杰，都与九宫山有一段渊源。李自成干脆在九宫山为自己波澜壮阔又一言难尽的一生画上句号……经过见过，能文能武，才能真正理解什么是"安逸"。此山，夏天一日三季，午前如春，午后似秋，晚赛初冬，素有"天下第一爽"之称。大爽，便是大安逸！

安逸的基础是安康，除去精神上的高标、旷达外，还须有得天独厚的自然条件成全。咸宁有亚洲最大的黄土金矿，有数倍于江汉油田的天然气储量，以及诸多的稀有金属。于1200多年前便大量种植茶叶，17世纪开始享誉欧美，曾获得巴拿马博览会金奖，遂引起马克思的关注，在《资本论》里有所论及。这样的茶自然也会成为中国朝廷的贡品，据载清慈禧太后格外钟爱此茶。咸宁还是中国楠竹主产区之一，其竹资源总量占到湖北全省的80%。竹林被称为“世界第二森林”，是可以永续利用的资源，生态效益巨大。在咸宁近万平方公里的区域内，竹海莽莽，竹风飒飒，早春破土而出的竹笋，盛夏枝叶舒展的新竹，隆冬迎风傲雪的劲杆，恰好成了今日咸宁绿浪无边、拔节而起的真实写照。

当地有民谚云：“竹为咸宁郎，桂为咸宁女。”桂花树香、色、姿、韵俱佳，集绿化、美化、香化于一身，位列“中国十大传统名花”之首。而咸宁的植桂面积又居全国第一，全国共有百年以上的古桂2200余株，咸宁就占了2000株。每到金风送爽，玉露生凉，咸宁城乡遍洒桂花雨，繁英缤纷，幽香阵阵，因此获“香城”之誉。每到升学季节，咸宁的读书人都要栽种桂树，以取“蟾宫折桂”“双桂当庭”之意。甚至连咸宁人取名字，也离不开“桂”：金桂、银桂、丹桂、月桂、桂珍、桂英、桂芬、桂芳……宁可扎堆重名，也要命中有“桂”。可见桂花所具有的文化含量，深深影响着咸宁的民俗民风，散发出浓郁的芳香，熏陶了一代又一代咸宁人。

“香城”，其香在骨。满城皆香，是因为心香。心香才是咸宁文化的灵魂，是安逸的最高境界。

更加上有穿城而过的淦河，如今难得还有一条清澈洁净、没有丝毫污染的城市河流；咸宁整个辖区内泉眼密布，溪流纵横，“处处涌沸波，遍地飘紫气”，为它带来了“泉都”这样又一个美誉；前面说的这些与天香潭、凝香潭、玉香潭、雪香潭等16个深潭，共同滋润着咸宁。“城在山中，山在城中，水绕泉涌，人在画中”。所有这一切，仿佛都是为了成全“咸宁”这个名字，这是个不仅有好名字、还真正名副其实的城市。众生安逸，才称得上是“万国咸宁”。

只有咸宁，才有安逸。也只有咸宁，才对得起历史，对得起现实。

赛里木湖畔

森森戈壁，仿佛只有这条公路是有生气的东西。它像一条灵蟒，蜿蜒、跃动，在太阳下闪着黑色光泽。爬行的汽车则像这浩瀚大滩上的一条船，颠簸摇荡。我的头忽而撞上车顶，忽而摔在车帮上，可是我并没有睡觉，眼睛始终盯着窗外。

车窗外是一望无际的灰黑色沙石，沉伏着，等待着，赤裸而又神秘，令人触目惊心。这无边无沿的粗沙碎石是从哪儿来的？又是怎样生成的呢？它们这样等待了亿万年，在等什么呢？当它被狂风激怒的时候，飞沙走石，铺天盖地，摧毁一切，吞没一切。在它平静的时候，也让人感到一种潜在的威势，冷峻地承受了多少朝代的更迭，多少民族的兴亡。历史并没有在它身上留下什么痕迹。

进入戈壁，人立刻变得脆弱和微不足道了。一切生命都变得渺小和谨慎了，似乎纤细之物注定要灭绝。强大的是莽莽原野，是坚韧和粗粝。望着干燥的荒滩大漠，你老有一种干渴的感觉。体内的水分正顺着每一个毛孔，被焦热的戈壁滩吸走，蒸发。跑了几个小时以后，我们停车吃瓜，汽车的后备厢里总是备着几个大西瓜和哈密瓜。

新疆的西瓜本来就好，甜而脆，水又多。干渴的我们站在如我们一样干渴的戈壁滩上敞开肚皮吃，真是一种难得享受到的野趣。荒野默默，野风徐徐，尽管骄阳烈如火，但身上是干爽的，无汗水，无尘土。

我顿起童心，甩开胳膊向远处投扔了几个戈壁石子，还想将啃过的西瓜皮也潇洒地飞抛出去，被司机拦住了。他将大家丢弃的西瓜皮都捡到一起，反扣着摆好，他说这是戈壁滩的规矩，前边的人吃完西瓜，要将瓜皮倒扣，以防被太阳晒干，后边的人如果没有带水或带的水喝光了，凭着这些瓜皮也能活命——这是我们进入大戈壁后上的第一课。

水上足，精神就足了，登车继续前行。天山在我们的左侧一直紧紧跟随，或者说我们始终跑不出天山的护围，像地球的围墙，矗立在天涯尽头。我们见到的只是它的北坡，绵延千里没有一根树木，裸露着连成一体的褐色岩石，有时青棱棱，有时泛一点紫色，似钢浇铁铸；沟沟壑壑，森然惊目，像历史的抑或是大自然的一道道伤口。山顶堆积着白雪，由于山形和山岸无一处是雷同的，积雪分布得千奇百怪，更增添了天山的神奇。

公路在拔高，在我们的右侧又出现了一道山脉。我们变成在大峡谷里行进，视野受到局限，戈壁滩不再是一望无垠了。这条大峡谷一头通向内地，另一头仿佛直达天上，公路对天山越贴越近，我们的车在沿着山脚跑。不论是翻越这座天边之山，还是登临这座天上之山，不都是到了天上吗？路越升越高，戈壁滩却渐渐有了绿色。沙石少了，土多了，起伏不平的荒野长着稀疏低矮的青草。左面的天山越来越高，峡谷却越来越宽阔，右面的山脉变为一片丘陵，草更密，颜色也更绿一些。突然，在我们的头顶上端出现了一汪绿水，汽车像饥渴的马，冲着绿水飞扑过去，水域越来越宽阔……

天上的湖——赛里木湖的全貌，就这样奇迹般地出现在我们面前。

谁料想得到，在大戈壁的尽头会有这般奇境美景。这里海拔两千多米，赛里木湖是新疆海拔最高、面积最大的高山湖泊。近五百平方公里的湖面一碧如染，晶莹清澈，微风轻掠，绿波涟涟。赛里木湖的北面西面依偎在天山的怀抱里，此处的天山难见秃石，下部郁郁葱葱，松柏参天，上部雪峰层叠，映日成彩。湖的东面和南面是广阔的草场，万绿丛中有一片片游动的白色和黑色，那是羊群、牛阵，却不见有放牧人。青山、绿树、雪峰、蓝天、草地、牛羊，全部映照在椭圆形的湖面上。越是靠近赛里木湖，越觉得它成了一片魔湖，变颜变色，忽而湛蓝，忽而深绿，半边青翠，半边青碧。雪峰与草原辉映，湖光与山色竞翠，仿佛连同我们的灵魂也一并吸进去了。

我们钻出汽车，饱餐一切色彩，大口吸吮赛里木湖畔的色泽和芳馥，如同在吸吮一种生命的气息。心里体验到一种不可言传的感情，超然有世外感……静谧、清畅，一下子找到了大自然同人的连带感，找到了与灵魂相熨帖的东西。原来并未觉察的灵魂本性的深刻渴求，得到了极大的满足。我突然悟到，人们为什么喜欢旅行？是出于一种心灵的渴求，眼睛吞吃美好的风光，重新投进生命之中。这是心灵的拯救。人人都是地球上的匆匆过客，生存就是旅游。我们要在这儿翻越天山去伊犁，但时间尚早，我的心里盛满绿色和阳光，实在不愿离开赛里木湖。

博州的副州长达·刚布，领我们来到一个蒙古包前，迎接我们的是一位身着藏青色蒙古袍的中年妇女，袍子是旧的但非常洁净，束腰紧身，体态苗条轻捷，脸上却有着过多的与身材不相称的褶纹。这褶纹生硬地破坏了她的美貌、她的青春，但遮不住她的风韵、她的气质：善良、质朴、柔韧。她身上有种东西震动了我，她说着蒙语，露出意想不到的真挚和热情，弯腰打礼。我们也还礼不迭。陪同我们的博州文联主席陶德民先生，精通维、蒙、哈等多种民族语言，向我介绍说，她叫格森，是这座蒙古包的主人。一个穿着孔雀蓝袍子包着漂亮黄边的小伙子，牵着一只骆驼，骆驼上驮着两只大水桶，也来到蒙古包前。格森向他说了几句什么，他放开骆驼向我们问好，然后钻进蒙古包拿出一瓶酒和碗。由女主人向我们每人敬上一碗酒，说是下马酒。对我们来说是下车酒。

小伙子名叫嘉甫，身材高大，阔面重眉，仪表堂堂。神情却极为憨厚实在，甚至有几分羞怯。他从骆驼背上卸下水桶，问我想不想骑上骆驼转一圈儿？正中我下怀，我还没有骑过骆驼，在嘉甫的帮助下爬上了驼背。高高在上，前面一团肉峰抵胸，后面一座毛峰靠背，颤颤的，悠悠的，美妙而新奇。挺胸昂首，远眺天山积雪，纵览湖上景色，心情豪迈而恬悦。兜了一大圈儿又回到蒙古包前，我还没做准备，骆驼就曲下前腿，后腿还高高的支撑着，我便一个前滚翻从驼峰上摔了下来。幸好什么地方都没摔疼，连眼镜也没有打坏，主人和客人全都笑了，这哈哈一笑大家的感情亲近了，自然了。

我们可谓是擅自闯来的不速之客，但对格森一家来说，不速之客也许就是稀客，就是贵客。嘉甫杀羊，点火，格森把我们让进蒙古包，放上桌子，摆出奶豆、大馕，沏上奶茶。不知是我们的红色桑塔纳轿车停在绿草地上格外醒目，吸引了远近的牧民，还是嘉甫的不同寻常的炊烟，告诉他的邻居们自己家有客人来了，牧民们有的骑马，有的骑摩托车，有的步行，陆陆续续都来到格森的蒙古包。有蒙古族、维吾尔族、哈萨克族，还有一些妇女和儿童。

蒙古包里分成四摊，女人一桌，男人三桌。坐了这么多人，并不显得拥挤，前面还有很大一块活动场地。真是神奇的蒙古包，它看上去不大，容积却很大。许多人抽烟，蒙古包里却存不下烟气，通风好，冬暖夏凉。它直接以草地做床，却不潮湿，我和达·刚布坐在新铺的毛毡上，干燥而温暖。大家穿着鞋在毛毡上踩，毛毡却不脏，没有尘土泥巴，干干净净。蒙古包看似简单，实际并不简单，它体现了牧民世世代代的智慧。

达·刚布是蒙古包里年纪最大、地位最高的蒙古族人，因此他代表格森一家向我和另外两位同行的文友敬献哈达。然后著名的蒙古族敬酒仪式开始了……先由嘉甫敬酒，他端着满满一碗酒站在我的面前。我心里打鼓，可这酒不喝是不行的，你不喝他就会站着老唱下去。但是等到嘉甫开口一唱，我立刻被震惊，被迷住，他的音调该高时则高亢嘹亮，穿云裂帛；当低时则沉厚婉转，多姿多彩，带着天山的雄浑粗犷，带着赛里木湖的辽阔优美，带着草原的恬静自然。他脸上纯情切切，极为投入，好像不是在演唱，而是在诉说。他的声音来自心灵，来自大自然，来自天堂。

我听不懂他的歌词，但感到感情在被提升，心身在净化。我听过中国和世界上最著名的歌唱家演唱，他们技巧高超，音色辉煌，我为他们热烈鼓过掌。但我从来没有听过这么感人，这么美好，终生不会忘记的歌声。嘉甫是那么自然、朴实、真诚，不加任何修饰，袍子上带着水印、奶渍、草屑，他的歌声里却真情四溢，创造了一种罕见的气氛，把人带入一种感佩不已的境界。他一首歌唱完，我不犹豫，没有废话，扬头把一碗酒一气吞下。莫说是一碗酒，就是一碗酒精、一碗火药，也会一口吞下。生怕一个推让的动作，一句客套话，破坏了嘉甫创造的这气氛。他一首接一首地唱下去，酒敬到谁的面前，谁便一饮而尽。蒙古包里极为安静，只有他的歌声在激荡，无边的激情在漫溢。

他唱的也许是一首连续的长歌，当他把酒举到刚布面前，举到他的姑姑菊德面前，举到他母亲面前的时候，歌声变得沉郁、悲怆，流露出一种至纯至孝、倔强而又自豪的情感。我心中涌动着一股美丽而又疚痛的感觉，禁不住眼睛发潮。不觉抬起头，见男人们全都低着头，女人们满脸都是泪。身为主人的格森，哭着笑，笑着哭，泪如滚珠。在内蒙古生活过多年的张少敏君，大概在歌词中听懂了什么，在我身边已哭出了声。泪光闪闪的陶德民老先生悄声向我作了简单的讲解：“他唱的是自己的身世，我是牧民的儿子，在草原上长大；母亲二十九岁守寡，抚养我们弟兄七个成人，吃尽万苦千辛……”

我知道了他歌唱的内容，眼泪止不住也流下来了。他的大哥中专毕业后在州里当了个经理一类的人物，他的三弟是武警部队的战士，其余的弟弟们还在上学。只有他继承祖业成了地道的牧民，照顾母亲，支撑着这个不寻常的家庭。嘉甫已经二十四岁，准备明年春天结婚。

他敬完一圈儿酒，他的表姐乌云站起来重新为大家敬酒。她曾是州文工团的演员，音色甜美柔和，用专业演员的技巧和风度，把蒙古包内的气氛引向轻松和欢乐。乌云唱毕，她的母亲菊德，抑制不住自己的情绪，站起来先高歌一曲蒙古族的长调，苍厚悠远，朴茂深沉。然后一首接一首，她自己放得开，别人的情绪也随着她的歌声飞扬。菊德已五十多岁，但老得漂亮，老得潇洒，体健神旺，生命还在散发着朴实、快乐、丰富和清新的气息。

大家都沉浸在赤裸裸的诚实的快乐之中，相互之间感到特别亲近，特别美好，空气一片洁净。蒙古包里似乎盛不下这巨大的逐渐高涨的热情和欢乐，几个男人带头，大家便一窝蜂地冲出蒙古包，在草地上围成一圈儿，尽兴地唱，尽兴地跳。天空忽然飘洒下一阵细雨，不仅没有扫大家的兴，反而助了兴。

女主人格森忙里偷闲，换了一双半高跟皮鞋也上了场，舞姿还相当优美，她毕竟才只有四十六岁。我揣度着她的心境：突然闯来几个不速之客，招引得亲戚、邻居都来了，她的家像办喜事过节日一样热闹、欢快。打破了往日的平静，也引出了对许多往事的回忆。丈夫去世的时候，大儿子只有十三岁，最小的儿子还在肚子里，放牧、带七个孩子、顾家、顾草场，更不要说一年两度的大搬家——迁场，还有许多意想不到的天灾人病，全压在一个年轻女人的身上。她有过悲恸欲绝的日子也有过感到活不下去的时候。改嫁容易，做烈妇容易，做寡妇难。做寡妇并教子成人就更难了！她终于守住了自己，守住了儿子，守住了简单，守住了纯朴，于是也守住了自己赢来不易的幸福和欢乐。悲痛和不幸也是一种财富，给了她意想不到的收获和喜悦。儿子们都长大成人了，且很有出息。

真是缘分，格森的大儿子阿尔肯，不知是听到了什么消息，还是凑巧定在今天回家来看看，当草地上的歌舞进入最热烈奔放的时候，他出现了。穿着跟我们差不多的衣服，也是大高个，一盘圆脸，那笑容跟他弟弟差不多，老实、腼腆。雨不知在什么时候已经停了，草原青碧如洗，空气清洁芳香。远山如黛，苍苍莽莽。湖面上有白色气团升腾，浮动，如梦如幻……

阿尔肯邀请大家重新回到蒙古包就座，他以家庭长子的身份又从头给大家敬酒。和嘉甫相比，他更像一个专业的歌星，嗓音淳厚、圆润、悠扬。别人数不清，他自己也记不清会唱多少首歌，可以纯熟的用蒙、汉、维、哈等多种语言演唱。每首歌都唱得很地道，却不费力。

他敬完酒，嘉甫抬上来大半只煮熟的羊，冒着热气，散发肉香。

按规矩阿尔肯把刀递给我，让客人先动手。在陶德民老先生指导下，我割了一块最好的肉，用右手托着送到阿尔肯的嘴边，他吸溜一声一口吞下，又回赠了我一块。嘉甫又端上大盆的手抓面，宴会就正式开始了。

我的五根手指直接参与，却不如两根筷子和一个勺更灵便好使。单抓肉还可以，想抓起拌在肉里的面条可就难了。不得不蹲起身子，两只手一块下，往嘴里捞。

我完全放松了，狂热得忘形了，心里有一种净化感，胸中的尘垢积闷一洗而净，心上的厚茧脱落，像孩子一样赤裸了，真实了，信任自己和周围的朋友，也非常喜欢他们和自己。今天与其说是格森一家的节日，不如说是我的节日，我的心魂的节日。

我的灵魂里响起一种乐声。

席间，格森作为一家之主最后向我们敬了酒。她神情虔诚而和顺，一言一行都有善良的内在境界做烘托，显出一种高贵的气质。她的款待和奉献是真心的，而且为对别人的款待和奉献感到快乐。这种真情正是灵魂的生命。

她那清美、柔弱而又强大的灵魂，令人炫目，令人想亲近她，敬重她。

我向格森一家，以及她的亲戚、朋友、邻居，还有老州长刚布，睿智、飘逸、随和的陶先生回敬了酒。我没有唱歌，我的歌声还没有那么善解人意。我只能说我的感受，我的感谢。

我想起了成吉思汗的一句话："世界上只有一个最好的女人，便是我的母亲。"

我多想有机会把自己的家人、朋友、同事也带到这个蒙古包里来，让他们感受一下怎样做母亲，怎样做儿女，怎样做亲戚、做朋友、做邻居。人是多么美好，人与人之间的感情多么美好！

人类苦苦追求的文明境界，恰恰在这天山脚下，在这赛里木湖畔的草原上让我们体味到了……不知不觉，我们在格森家待了四个多小时。我们当天还要翻越天山，还有近三百公里的路程要跑，虽然舍不得离开格森的蒙古包，也不得不辞行了。喝了刚布送过来的上马酒，不知说了多少声"再见"，挥了多少次手，最后还得钻进汽车。

汽车在撒欢似的翻坡越岭，许久许久，大家都不说一句话，心里恋恋的，像失落了什么。意识还不愿意从格森蒙古包里那种良善无争的氛围中出来，耳边还响着嘉甫的歌声……

我忽然也想唱，也想喊，却记不得曲调。

到此方知滋味别

粗衣淡饭是家常

养得一生一世拙

……

普者黑

人习惯于低头看水，不可想象站在渤海边上抬头向空中遥望，在两千多米高的空中悬挂着一片汪洋巨水……实际上，从天津看普者黑，就悬在西南方两千多米的高处。

普者黑——彝族语：“有鱼有虾的地方”。那自然是一片大水。这是滇东南翡翠般的一块高原湖泊，隶属于丘北县。云南是云贵高原的老大哥，山地高原占全省总面积的94%，可想而知，乘汽车在云南的大山里钻，那会是一种什么感觉？越钻山越大，抬头就是景，低头就是险，“千里不可穷，随山远曲折”。是飞机让世界变小，而汽车又让云南变大……当你被汽车颠得腰酸背疼、臀硬腿僵、灰头土脸、唇干舌燥的时候，陡然跌进一汪清凉的碧水之中，那会是怎样的一种享受呢？我看到普者黑的时候就是这样的感觉：被这样一片好水惊呆了，想捧水洗脸却不忍弄脏了湖水。于是便坐在湖边看水洗尘。天色临近黄昏，眼前万顷湖光，烟霭霞影。烟波中一座座青峰突起，山在水里，水在山中，水围着山流，山领着水绕。山绿得深厚，水绿得清澈，影落波摇，虚明不定，令人沉醉痴迷。一路风尘，一天颠簸，见到普者黑就值了。我不再燥热，从里到外都觉得沉静凉爽了。

晚饭后的篝火晚会也在湖边举行，壮、彝、苗、白、瑶等民族的青年男女或唱或跳或笑或闹，有时也拉游客参与，我和采风团的同伴都被拉进场子出了一通洋相。无论老少，无论民族，大家都被气氛感染，忘乎所以地疯跳疯唱、大笑大闹，不知今夕何夕，吾身何身……城里人难得有机会这样痛快一回。这些少数民族的青年男女令人羡慕，看起来他们生活得单纯而快乐，至少经常有快乐到忘我的机会……也感谢他们能把从世界各个角落里来的素不相识却怀有各种企盼的人，带进忘我的快乐之中。即便这快乐是短暂的也好。外出最终要寻找的不就是这种忘我的大的快乐和大的感动吗？火热，情热，在普者黑岸边巨大的黑暗中，烧出一根通红的顶天立地的光柱。我的心里似乎也有了这样一根通亮的光柱。参加普者黑的篝火晚会是不用买票的，来去自由，带有一种原始的真挚、淳朴和野趣。所以这快乐是没有任何代价的，真实而深切，能够长久不忘。现在免费能给你大快乐的地方已经不多了。

第二天上午，根据日程安排我们要游湖。我渴望到普者黑的湖面上一游，却又担心是乘机动的游轮，那种轰隆轰隆的庞然大物，不像是游湖，更像是水上的入侵者和破坏者。因为总也忘不了在千岛湖看到的一景：大型游轮过后，碧蓝的水面上漂浮着大片油星子和易拉罐、塑料袋、纸屑、空饭盒等废物脏物……谢天谢地，普者黑上没有机动船，只有一字排开的柳叶形小木船。每条船上能坐5个人，游客自己划桨，船主掌舵。我选中的小船的船主是彝族的两个小伙子，上船后一打问，他们还是亲哥俩，哥哥阿良持桨坐在船头，弟弟阿木在船尾掌舵，这就为我们水上飞舟打了双保险。天公也成全，轻云薄雾遮住太阳，似阴非阴，淡霭空漾，既不影响视野，又免了一场暴晒。几十条小船飘飘摇摇像一片散乱的箭镞先后射向普者黑的深处。游客们大呼小叫，拍桨击水，人心欢娱，惊飞了一群群水鸟。渐渐大家为湖上的景色所迷，眼睛看不过来，嘴巴便顾不得说话了，水面上开始沉静下来，小船之间也拉开了距离，真的像树叶一样稀稀拉拉地撒落在湖水里，星星点点淹没在波光云影之中。只见群峰俯仰，平湖一镜，水光重叠山影，倒影迷幻青岚，湖里看山山更幽，山里藏湖沉翠碧。

造物的神奇令人无法解释，你说高原湖泊的特点是把千山浸在水里吧？可泛舟普者黑却并无身在高原的感觉。农民们单人驾舟在湖里挖猪草，妇女们在湖边洗菜、剖鱼，分明一派田园景色。特别是那一片片远望接天的野生巨荷，盖住水面，莲芰生烟，我请阿良将小船划进荷阵，船推浪移，菱香浮动。我相信自己看到了生在几百年以前的诗人们才能看到的景致：“行到闹红无水面，红莲沉醉白莲酣。”置身于这般似真似幻、如诗如画的境界里，我觉得还缺点什么，或者是应该做点什么，以不辜负这片山水。到底缺什么或该做什么，我一时又想不清楚……此时从远处的小船上传来歌声，待远处的歌声一停，我们的船老大也开口了：“我是灶你是锅，你是兔子我要撵上坡……”这歌词是后来他用普通话翻译给我的，他唱的时候是用彝语，我听不懂，却感到身心大畅。他的歌声极为高亢、婉转，且富于感染力和穿透力，不仅是我们船上的人，我相信整个普者黑都被感动了，四面八方的小船开始向我们靠拢。我深感一种上对了船跟对了人的幸运，在城市里绝难听到这么好的歌，自然、纯真、滔滔不绝、变化万端。景美、声美、情美、人美，阿良一开唱，湖面上再没有人应声了，他就一首接一首地唱下去。有时坐在船尾的弟弟接替他唱上几首，虽然唱得也不错，但比哥哥要差一些……他说哥哥阿良是普者黑的“歌王”，求婚的时候，在山上跟现在的妻子对歌三天三夜。按彝族的风俗，结了婚就不能再唱了，今天载着我们这些从远方来的崇拜者，又是在湖心里，大概不会惹得未婚姑娘们误会，所以才敢放开歌喉一唱为快。

天到正午我们才结束了游湖。我知道阿良他们要排几天的队才能轮上一次载客游湖的机会，每次也只能挣到十几元钱。临告别的时候我给他们哥俩一点小费，他们却红着脸拒绝。这让我无地自容，我就怕自己的俗气亵渎了普者黑的风景，亵渎了阿良哥俩的歌声和美意，将钱扔进船舱就转身跑开了。好景很多，好景再配上好人就难了。阿良哥俩划桨离开湖岸，我站在岸边竟生出依依之情，久久地看着他们的小船……远去的阿良也摆着手，突然他又开口了，唱的是一首我在船上已经记录下来的歌：

山上的水流往下淌

山下的云雾往上涨

青山不倒水不干

普者黑会把朋友想……

凡到过这里的朋友，又何尝忘得了阿良兄弟和他们的普者黑？

剐　水

在网上看到，2010年9月9日，首届世界城市科学发展论坛在上海开幕，然后移驾北京继续举行。每位与会者的面前都摆着一瓶矿泉水，其名“剐水”。这个名字标新立异得很，甚至“剐”得有些触目惊心。

还记得吃粮凭粮本、粮票年代，粮店多供应安徽产的“线米”，似乎比二号、三号机米还要粗糙，不仅本身油性很少，吃进腹内还能剐掉肠胃里的一些油水。现在减肥成风，正大量需要这种好东西，市场上却很难再见得到了。民间传言安徽的水也能剐油，所以安徽人炒菜从来都是用猪油，以补其剐。常言一方水土养一方人，据说安徽人的皮肤被“剐”得较北方人要薄，薄了就显得细嫩。古往今来安徽的水土还“剐”出了大禹、皋陶、老子、庄子、华佗、包拯、周瑜、朱元璋、戚继光、李鸿章、陈独秀、胡适、陶行知等诸多对民族的历史和文化有重大贡献的人物。

可见“剐水”是一种神秘之水，传奇之水。

近日我也有幸与此水结缘。受“迎驾文学笔会”之邀，前往大别山腹地佛子岭。其隶属霍山县，仰头便是大别山主峰，南高北低，山势陡转，在群峰俯首处，开屏列帐，形成明显的弧状，这便是“天上北斗星，地上霍山弧”的灵秀胜境。2100多年前，正值鼎盛的大汉雄主刘彻巡查此地，当地人酿造美酒迎驾，遂留传下来“以最好的东西诚意迎驾”的遗风。而酿造迎驾酒的血液正是“剐水”。

我身在大别山，天天饮用剐水，也格外留意此水的来龙去脉，当地人又称其为“竹根水”。大别山多湖泊，水系发达，当年治理淮河得出的结论是：“控制了大别山的水，就控制了淮河水患。”主峰白马尖，峰尖插天，峭拔苍翠，一洞镶其上，有清泉涌出，极清极凉，飞流直下。据传这就是“剐水”的源头。

所幸大别山主峰还保留着华东地区仅有的一大片原始森林，往下转入佛子岭则是60万亩竹海，源于主峰的清泉洄于高山涧壑，变成无数条溪流，流经原始森林，穿过莽莽竹海，夹带着山川灵气，浸润了草木芬芳，翩翩然注入佛子岭，便成“剐水”。

在大别山关于“剐水”的传说还有很多。其一说是商伐畎夷时，溯淠流而上，三苗大败，退入崇山老林。正奄奄一息，忽见清潭，饮之清醇甘甜，精神陡振，濯足浸面，伤痛骤愈。后苗人“楚”在此称王，封大别山清泉为“剐水”。长饮能“剐脂瘦身，清污剐垢”。女子冰肌玉骨，佳冶窈窕；男子筋骨清朗，劲健寿高。传说是传说，但今日的霍山县，仍是出名的长寿之乡，却是事实。这就不能说跟剐水没有关系。

自古就源源流淌的剐水，如今大热，是因为现代社会“极大丰富”的物质，最终竟变成了人身上的油脂。据知名医学杂志《柳叶刀》发表的全球成人体重调查报告称：“全球胖子数量超过瘦子，中国肥胖人口已超过美国，居世界首位。”这里所说的肥胖是指“体质指标（BMI–Body Mass Index），即全身脂肪严重超标，面临心脏病、高血压等的风险比单纯以体重来认定更准确”。果然，近日见媒体公布了卫生部关于《中国居民营养与健康现状》的报告，中国已成为世界上“第一‘三高’（高血压、高血脂、高血糖）大国、第一‘代谢综合征’大国，每三个人中有一个高血压，每五个人中有一个高血脂……”

——不必再细说了，谁都可以想得到日益肥胖的现代人类，对“剐水”寄托了何等希望！而“剐水”最可信赖的，是它并非神水，也不是药水，就是普普通通、清清纯纯的经过净化处理的天然之水，起码不会害人。已经肥胖的和不想肥胖的，都指望靠平常喝水就能“剐”掉身上多余的油水。这让我在大别山一边喝着“剐水”，一边又对“剐水”充满忧虑，仅中国就有肥胖人口8960万，却只有一个大别山，哪够啊！

最美的海岸

《中国地理》杂志曾评选出全国“最美的八大海岸”，其中一条在盐田。海好才有好岸，难得一见这里的连天洪波，还保持着大海原有的湛蓝，水花晶莹，浪涌清透。盐田位于大鹏湾西岸，水域面积250平方公里，是陆地面积的四倍。

海陆之间绿荫作带，掩映着一条长长的木板栈道，行走其上，起伏摇荡，脚下浪吻奇石，风带潮声，真飘飘然如仙人云中漫步。栈道似一条彩带，串起了“梧桐烟雨”“梅沙踏浪”等诸多大美之处，不能不惊叹这确是一条“最美的海岸”！

岸上也别有天地，陆与海相辅相成，相得益彰。除去华南首个“国家生态区”、东部华侨城、国家森林公园等著名景观外，还有诸多名街、名店、名牌企业。由南端依次说来，譬如沙头角的中英街，这条长不足500米，宽不足7米的街道，却成了天下独一无二的奇观。一百年来，它经历了世界历史上罕见的“一街分制”“一街两制”，1997年香港回归后，它又成了“一国两制”的窗口。

“旺季”这条小街每天要接纳10万好奇者，而这个一年四季都很温暖的地方，什么时候是“淡季”呢？计算一下，近30多年来有十几亿人到过中英街，平均每个中国人至少都来过一次。这真是一条实实在在、活色生香的时光隧道、历史大街。

这条最美的海岸线，还让人觉得像一条珍珠项链围护着盐田区，是因为在岸边上还有珠宝巨擘周大福总部、神秘而尖端的华大基因总部……人类的命运和时尚，似乎在很大程度上要听命于从盐田这儿发出的指令。而大鹏湾边若论气势宏大，当数国际一流的盐田港，拥有深水泊位近7000米，是世界最大的集装箱码头。数月前在世界上曾响起一片强烈的嘈杂之声，说香港首富李嘉诚“从中国全面撤资外逃”。我到了盐田才知道，即便他从中国其他地方抽资而去，却没有想离开盐田港的意思。早在几十年前的第一、第二期建港工程中他投资70%，前不久为即将开始的第三期工程又投资65%，一位港口员工对我说：“我们倒希望他走。”这是在“李嘉诚撤资”的噪声中，我听到的最有底气的一句话。

有一条这么好的海岸，谁不向往？盐田区常住人口20多万，基本是沿海而居。岸边不光有明星机构，还有一片片住宅区和一座座宾馆、酒楼。问题来了，世界上最厉害的污染源是人类自身，既然盐田烟火鼎盛，又如何保持“最美的海岸”？“地沟油”曾连续多次被选为“年度流行语”，我对此却一直没有具体的印象，常心生疑惑，地沟里能有多少油？

在盐田采访了几家酒楼的厨房，着实吃一惊，盐田每家餐馆的厨房外面都装有泔水处理器，将其中的油、水、杂质分解开来，分别送入不同的管道去处理。大酒楼里的储油槽浮浮漾漾，一周下来“地沟油”就有几百斤。让我真真确确地意识到，我们中餐用油实在是太费了！

我没有想到的是，处理地沟油竟然归城管负责。“城管”这个行当，近年来负面消息不少，而盐田的“城管”却让人有新鲜感。他们除去管所有饭店地沟油的处理，还管各住宅区的垃圾分类。每栋楼的分类垃圾桶旁边，都有一个塑钢小屋，里面存放着两个月后可自行分解的环保垃圾袋，供居民免费自取。

一位姓叶的城管，执着而热诚地领着我跑了一个小区又一个小区，无论新楼老楼，每个小区都很干净，盐田人真是过着绅士般的生活。小叶滔滔不绝地讲解他的想法和计划，对自己的工作充满热情和自信，我从心里对他有了敬意，便改称他为“垃圾大王”。

更令我羡慕的还有盐田人每年能享受295天优良的空气，

PM2.5的日均浓度为25微克/立方米，“达到欧盟的标准”。而中国的标准是75微克/立方米。我生活在北方，入冬以来经常呼吸的是每立方米PM2.5在300微克以上，门窗紧闭的房间里还有100多。

政治上有“一国两制”，同是地球人竟然连呼吸的标准也不一样，而且反差如此之大。可人不能不喘气，真应了那句老话：“人跟人比得死”！

红滩奇观

时人喜大言、爱发狠语或说满话，常听到这样的感叹：哪里还有净土，还有新奇不为人知的地方？我倒要奉劝即便是见多识广的人，也不可轻易对此下断言。无须钻深山、进老林，以北京为出发点，只需几个小时的路程，就可进入一片一眼望不穿的“五彩净土”！

第一道彩，也是最抢眼的，是一望无际的亮红。这便是目前地球上最大、最壮观的一片红海滩。红得耀眼，红得纯粹，其间竟无半点杂质，在秋阳下红晕弥漫，映得天地间光芒闪烁，浑然一体般的透红。

这其实是一种植物，名为“碱蓬”，又称“海英菜”“狼尾巴条”……其茎直立、呈圆柱形，一枝多茎，状如狼尾。每根茎端顶两三朵小花，形似团伞，组成五角星状，其美无比。整株高可一米，矮者也能没膝，株型极美，有“翡翠珊瑚”的雅称。然而，它却是贫苦百姓的朋友，生命力极其旺盛，无须播种、耕耘，全部野生，自强自立，而且专门在寸草不生的盐碱地上生长。

我自小便熟悉它，吃过它，赶上饥荒，它就是农人的“救命草”，通身都可以吃。其籽黑亮，若小米大小，或蒸或煮都有一种野香，入口极有劲道。现在人们的日子过好了，它又成了珍稀菜肴，春天其翠绿鲜嫩的茎叶，脆而多汁，营养丰富，具有特别的海鲜味，口感甚佳。碱蓬还可入药，能调治气积停滞、发热等病症。

入秋后碱蓬则渐次变红，先是嫩红，然后艳红、深红，到完全成熟后便红得饱满，红得透亮，红出一种铺天盖地的气象。我家乡的碱蓬与野草杂生，一疙瘩一块，稀疏零落，不成气候。这里的海滩却咸淡相宜，碱度适中，成了碱蓬的天堂，密密匝匝，蓬蓬勃勃，其间一根杂草没有。待到第一场秋露下来，便一天红似一天，浩浩荡荡，如火如荼，仿佛给辽河平原铺上了厚厚的红毯。在红毯的中间蔓延着无数条银白色的丝线，曲折而跳动，那是一道道明澈的河流，俗称“潮沟”。潮涨潮落，滩声十里，红滩恋潮，潮养红滩。

在红滩的背后，是无边无际的苇荡。刚吐穗的还一片浓绿，已经扬花的则开始在老绿上镀金，摇摇摆摆，飒飒生风，如戟如枪般地护卫着红海滩。只有大自然的鬼斧神工，才能将“大红大绿”搭配得如此协调，如此曼妙！每根苇秆的顶端，色彩又不相同，有的是一团紫色，妩媚动人；有的却白如堆雪，高洁而仪态万方。要紫的一大片全紫，要白的一大片全白，在清风的指挥下仿佛在低声吟唱：“蒹葭苍苍，白露为霜……”

——这便是红滩的第二道彩。

在红滩的前面，却是色彩斑斓的沼泽。沼泽何以有色彩？是它的主人们色彩缤纷，让沼泽也有了灿烂的容颜。像丹顶鹤头上的那一点红，可算是世界上最生动、最珍稀、最耀眼的鲜红了！东方白鹤、白鹭等大鸟则通体如雪，色彩只点缀在腿脚上；大天鹅以白为主，但也有黑天鹅；野鸭、大雁或深灰，或浅褐，却还有一种绿头野鸭……这里被喻为“鸟类的国际机场”，这一批走了，那一批来了，有常客，有新客，还有常年滞留不走的……因此色彩丰富，变化多端。

如今鉴定一个地方的好坏，光是人类自己说了不算，还要看它有没有繁茂的野生植物，以及众多的野生禽类和动物。人在看植物的脸色，追踪鸟儿们的脚步。在这里最珍贵的禽类要数“黑嘴鸥”，白身黑翅、黑尾，头和喙也为黑色，唯双眼后面各有一白色半环，极其醒目，显得机灵无比。

1000多年前，晚唐大诗人李商隐曾在自己花园中养过此鸟，至今还有诗、有文、有图为证。但以后它似乎就从地球上消失了。自18世纪以来，来自世界各地的鸟类学家纷纷到李商隐的家乡及附近考察探询此鸟的踪迹，都屡屡失望而归。20世纪70年代，世界自然基金会执行总裁、鸟类学家大卫·梅尔维里正式宣布：“黑嘴鸥是世界上最稀有的鸥禽，其聚居地点至今仍不为人所知。”

1989年5月，中国的爱鸟者梁禹，在辽河口自然保护区找到了两个黑嘴鸥的巢和四枚它的卵，在鸟类学界引起轰动。随即中外大批专家蜂拥而至，经过详细的调查考证，证实这里竟有大约1200只成年黑嘴鸥和310多个黑嘴鸥巢。被世人苦苦搜寻了三个多世纪的黑嘴鸥，至此方露出真容，令世界震惊。

倘若我们也有鸟的视野，站在沼泽里再向外望，便是辽东湾，碧海蓝天，空阔高远。而回头看，却是红绿蓝白黑，大地织锦，若彩虹落滩。

——这就是“盘锦湿地”。

它赖以依托的辽东湾“虎口部位”，有大凌河、大辽河、双台子河等大小21条河流，流域面积1200平方公里。据传当年为这个地方命名时，曾考虑过“辽凌”“辽大”等字眼，最后却相中了一条水势饱满的东西流向的河，它横贯盘山县和锦县（现名凌海市）……于是，湿地和“盘锦市”便同时诞生了。

2005年，盘锦湿地列入“国际重要湿地名录”，公认是“温暖带最年轻、最广阔、保护最完整的湿地”。它拥有永久性浅海水域、河口水域、永久性河流、时令河，以及完整的盐沼、滩涂……其泥滩上的泥呀，极其细腻，抓在手里像黑色的膏脂，情不自禁地想往身上涂抹。滩上小蟹横行，浅水里的小鱼小虾被水鸟追赶得活蹦乱跳。

游兴大发的现代人，总想找到一个没有污染并有独特风光的好去处，那就要投奔湿地。它与森林和海洋并称“地球的三大生态系统”，对空气、水质具有强大的沉积和净化作用。在各种污染和毒害中防不胜防的人们，谁不想跳进“地球之肾”里从里到外地清洁一番？

盘锦湿地，果然盘锦！不枉盘锦！

昆仑气脉

公路像缎带，从西边天际垂挂下来，柔软地跃动着，油光闪闪。我们自下盘旋而上，想去看一个帕米尔高原的山口。据说电影《冰山上的来客》中那些惊心动魄、出神入化的山口，就是在这儿拍摄的。一路上恍若在仙境中漫游，干燥的中午，突然看到前方出现一汪清水，仿佛是刚下过大雨，柏油路面还泡在水里。待你走近，水面又移到你更远的前方……或者在公路的一侧出现一片碧海，无边无涯，清波荡漾，海面上有清晰可辨的亭台楼阁，或雄伟壮观，或溢光流彩……

这一切当然都是美妙的幻象。由于我们并不在饥渴中，所以只看见了它的美丽，不觉得它是一种欺骗。只有你有所求的时候，欺骗才会发生。你最渴望的东西构成对你的最大诱惑，你的渴望就是你的弱点。步入仙境是要无欲无求的。

这种感觉真好，就仿佛一步步离世俗越来越远，灵魂在一点点净化。能有这样一番体验，真是不虚此行。我甚至生出更大的奢望，若每年都能来一趟帕米尔高原，清洁身心，净化灵魂，该是多大的福分、多大的快乐？

一路上我没有看到一个行人，却看到路边有放置得很整齐的东西，一个包袱、一个鼓鼓囊囊的袋子，甚或是一件叠放着的羊皮袄，都用石块压着……向导告诉我，山上的牧人下山放牧，越走天气越热，便把用不着的东西放在路边。或十天半月，或一两个月，等到他们的干粮吃完了，回山的时候再一件件拿走。其他过路的人不会顺手牵羊地拿走吗？不会的，这是千百年来留下的风俗。好，果然神仙境界。也只有这样的风俗，才和如梦如幻的帕米尔相称。新疆是个好地方，不知道还有多少这样的好风俗？

越走山越高，气温也越低，阳光从雪峰上折射下来，感受到的不是温暖，而是袭人的寒气。在一个绝妙的转弯处向导停下来，向我们讲解道：这儿的角度最好，可遥望昆仑山。

真是灵境仙台，眼前地脉断绝，但见横空千里，清光炫目。阳峰雪崔嵬，阴崖冰堆玉，“烟霞深护万千重，天上风云起卧龙”，果然是神仙世界。

难怪这里会成为中国神话的发祥地，顾颉刚先生就将中国神话分为两大系统，一是昆仑神话，一是蓬莱仙话。而昆仑神话又保存最完整、结构最宏伟，是中国远古神话的精华。《史记·禹本纪》载：“昆仑其高二千五百余里，其上有醴泉、瑶池。”于是，昆仑山在中国神话中就成了“百神之所在”，而瑶池的西王母，则是中国神话中最有影响的女神。

“凌空恍得青云路，回头悠悠觉自然。”我们完成了一次神仙游，下得山来已是皓月悬空，耳边似又响起清人施补华的《疏勒中秋》：“眼中一明月，正映昆仑墟。心中一明月，乍出东海隅。两月本一月，心眼抑何殊……明月在胡天，下照万穹庐。几见我辈人，长吟冰雪都。嫦娥应一笑，佳节今不孤。”

三亚河

海南是个大岛，四周是海，众所周知其魅力也在海。尤其是三亚。我不知南下三亚多少次，基本都是冲着海去的。想不到2016年冬，到三亚参加“两岸笔会”，开幕式后的第一个活动竟是游河。

一条悠悠浩浩的绿水，丰沛而自由，没有一道道大坝拦截，没有水脉枯竭之虞，两边甚至看不到河岸，被密密匝匝、层层叠叠的红树林规划出河的轮廓和走向。树影覆水，碧流湍湍。红树梢头是白鹭的安乐窝，或成群栖息，如大雪压枝，或孤眠于深影，宛若红树开白花。游人的响动有时会惊起一两只，但飞不多远就选个更安稳的树枝落下。

我在其他地方见到的白鹭，大都在水面上觅食，这里的白鹭怎么大白天长睡不起？

很快就有了答案，在我们的游船两侧，常有小鱼飞出水面，争先恐后地伴着游船滑翔、嬉戏。河里的鱼这么丰厚，白鹭什么时候有了食欲，跳下树枝就可饱餐一顿。既然不愁吃喝，剩下的就是睡大觉了。

三亚真不愧为旅游度假的胜地，连鸟儿鱼儿也如此的优哉游哉。

红树林的外面耸立着形状各异的高楼，住在楼上的人想必远能眺海，近可瞰河。住在这儿的人，倒是与这水、这树、这鸟、这鱼，十分的和谐。

经打问，三亚河原叫“三丫河”，因与临川水、大坡水交汇成一“丫”字而得名，后来竟成了这座海南重镇的名称。其实海南的省会海口，也因坐落于南渡江的入海口得名，是海与河成就了这座城市。当然，也成就了海南这个大岛。

“伊犁河水翻波浪”

我们沿着河边公路整整跑了一天，仿佛是在追逐着伊犁河欢快的浪花。

伊犁河里居然还有浪花，而且连续数百公里无遮无挡地一往无前，正像一首老歌里唱的“伊犁河水翻波浪”。能不令人惊奇，令人兴奋?

且慢，河里翻波浪难道还值得大惊小怪吗?

不错，现在有波浪的河流确乎不多了。连中国最大的河——长江，都已经“高峡出平湖”。其他许多江河，也都被一道道大坝捆住，变成一段段的湖泊。伊犁河依然保留着自然的天性，其流时急时缓，其道任曲任直，或低吟浅唱、柔情万种，或奔腾跳跃、波涛滚滚，与河谷平原的自然环境极其协调，构成一幅美轮美奂的图画长卷。

甚至正是这一河活水，给伊犁河谷平原带来了灵气和生机。

跟随着伊犁河来到伊宁市，我们拐进老城区，以为要和伊犁河说再见了。不想，伊宁市也建在横平竖直的河网之中，每条街道的两边，都有一条一米左右宽的水渠，清水泛波，汩汩而过。原来，在伊犁处处都有“河水翻波浪”！

水渠两边长满花草树木，有野生的，有精心种植的，完全看每个庭院主人的爱好。但以杨树为最多，这构成了伊宁市最突出的一个特点：树多，大树多。

大到什么程度？三百多年的老杨树不足为奇，参天蔽日，横枝铁干，若龙蛇盘绕。至于百八十年、一二百年的杨树，就随处可见了。真是一方水土养一方树木，在东部沿海平原上的杨树，活到二三十年，树干就会变空、腐烂，继而死掉。

而伊犁的杨树，我姑且称它为“伊犁杨”，既可独木成林，一棵树就能撑起一片天，又可成排列阵，遮风挡沙，气宇轩昂。生长在荒野的“伊犁杨”，从树干的底部就开始长枝钻叶，却始终都抱着肩膀往高里拔，直长成一个个数十米高、下细上粗的大扫帚，把伊犁的天空打扫得湛蓝湛蓝。

“生生死死三千年”的胡杨，给人的感觉是顽强、壮烈；而“伊犁杨”则生机盎然、枝叶繁盛，成为一种象征，一种预示。

第三章　风物之美

瓜　果

新疆好看，新疆更好吃。凡长着嘴的人谁能经得住奇珍异果的诱惑?

平时在自己的家里确有不喜欢吃零食、不喜欢吃水果的人，一到了新疆好像都变得贪嘴起来。我去的时候正赶上瓜果熟透了的秋季，哈密瓜五块钱一麻袋，我们的汽车后备厢里永远都堆满瓜果，走一路吃一路，以瓜果代水。每当汽车加油的时候，同时也加满瓜果。

所以，不贪吃跟贪吃的人对新疆的感觉会大不一样。只有贪吃的人在新疆才能无尽无休地花样翻新地感受吃的痛快淋漓。比如吃葡萄，最麻烦的就是吐核和吐皮，而新疆那种无核儿的马奶葡萄，皮儿也极细薄，进口全变成了一兜蜜。既然省却了吐皮儿吐核儿的麻烦，就可以像吃馒头一样塞满口，哎呀，那叫过瘾!

凡能上瘾又大过其瘾，恐怕都要付出代价。在吐鲁番的最后一天，我因吃葡萄过多而泻肚了。不是由于不卫生，是新疆的葡萄含糖量太高。这也让我长了见识，果糖吃多了会拉肚。陪同的朋友告诉我不要紧，也无须吃药，到南疆后利用你贪吃的优势大吃特吃喀什的无花果，保证能立见成效。

无花果也是甜的，难道能以糖治糖？

喀什的巴扎，是我有生以来所见过的最大的集贸市场。它并不在喀什市内，而在距城市四公里外的旷野上另建起了一座城市，离着老远就能听到人声鼎沸，其中夹杂着悠扬的乐声，时断时续，忽高忽低。各种商家的旗号迎风招展，猎猎作声，五彩斑斓的人流，夹裹着汽车、马车、骆驼、羊群，从四面八方拥向市场，大道上掀起滚滚烟尘。

我们兴奋地走近它，却又被它的气势所震慑，不敢贸然进入。这是一座充满物质诱惑的迷宫，进去容易，想出来可就难了。前后左右、高空地上，挂着的、摆着的、摊着的全是各式各样的物品，有当地的土特产，也有带着浓郁异族情调的外国货，令人眼花缭乱，心动神迷，我能感觉得到，逛巴扎的人似乎都恨自己只生了两只眼，此时是真的不够用。

这时候如果有人走丢了，要想找到他恐怕就像大海捞针。于是，陪同的朋友严格规定，谁也不许单独行动，我们今天只走一条街。岂知走进去以后七股八岔，很快就分不清东南西北，找不到来路去路了……

转了大半天的时间，我们也只是看了喀什巴扎的一个小角。我当时想到的能概括自己感受的就只有四个字："汪洋大海"。从"汪洋大海"里钻出来，我们都累坏了，在一个巨大的水果摊前坐下，眼前是成堆成垛的西瓜、香梨、石榴、杏干……

听朋友的劝告我专攻无花果。南疆的无花果个个都如扁苹果，只是皮色绿中泛黄，果肉呈乳黄色，风味甘美，满口清香。管它是不是真的能治拉肚，先一饱口福再说。

渔风渔俗渔家乐

处于网络时代的人，常有一种虚幻的狂妄感，动不动就爱说："世界真小！"觉得一只鼠标在握，五洲四洋一目了然，喜欢在虚拟的世界里称王称霸。一旦回归现实，用自己的双脚丈量世界，才知天下之大，难以想象。其实不用说世界，就说中国最大的群岛——舟山，有大小岛屿约1390个，有人居住的却只有32个。社会已经进入"人口爆炸""过度开发"的今天，只一个舟山就还有600多个岛屿仍保留着纯天然的野态，想想都让人兴奋和好奇。这也正是舟山群岛无可比拟的自然资源优势。

舟山古称"海中洲"，面向大洋，背靠大陆，横流无际，群岛有致，大小对应，远近相接，有舟有山，碧空远影……中国的文明史是"上下五千年"，舟山群岛就有5000年的开发史。其丰富的渔盐之利，成就了全国第一大渔场。而舟山渔场的中心港口，就是著名的"沈家门"，与挪威的"卑尔根港"、秘鲁的

“卡亚俄港”并称“世界三大群众渔港”。

据传舟山海上有“十六门”之多，沈家门是其中最大的一个，“四山环拥，对开两门，其势连亘”，为天然良港，又是海上天险。自唐宋起便成为渔民及海内外船舶最佳避风港，其“东控海洋，西通吴会，北接登莱，南亘瓯闽”，是我国东南沿海通往日本、朝鲜等国的必经之地，为“东亚海上丝绸之路”的中转大港，及来往使节祭海祭山的海疆要地——遵照当时中国的规定，凡经过沈家门的海内外船队，都要在这里举行隆重的祭祀仪式。

其名叫“沈家门”，其实是国家的东大门。明清时期，倭寇屡犯浙东，沈家门遂成为海上要塞，集两浙水师，“以寨为正兵，以游为奇兵，寨屯于游之内，游巡于寨之中”。沈家门外常常硝烟弥漫，海水为赤，抗倭御敌，战绩累累。抗倭名将戚继光的战舰长阔、高大，“巍如山岳，浮动波上，锦帆首，屈服蛟螭……乘风下压倭船，如车碾螳螂”。在那个时期，被尊为“天朝”的泱泱大国，志气高昂，御倭寇于大洋之上。

清康熙二十三年，朝廷颁布“展海令”，沈家门由“海防要塞”逐渐向渔港转化，传入“小对、小捕作业”，渔民增多，捕捞业得以开发。至乾隆年间，大对船、大捕船兴起，渔业大盛，渔港拓展。沈家门一派大港气象，桅樯如林，万商云集，市肆骈列，海物错杂，大街小巷，腥味盈天。每当小黄鱼汛、大黄鱼汛、乌贼汛、鳓鱼汛、带鱼汛、海蜇汛等汛期到来，沈家门更是旆旗招展，号角长鸣；入夜后还万家灯火，繁华异常，有“小上海”之称。

更重要的也是舟山最幸运的，是其还有得天独厚的强大精神资源——被尊为“海天佛国”的普陀山，坐落于舟山本岛的莲花洋中。自唐代开创观音道场，已逾千年之久，是国内外最大的观音菩萨供奉地。当年鉴真和尚经此东渡日本，成就了世界佛教史上的经典。明清时期，岛上除少数商店，“有宅皆寺，遇人皆僧”，佛事鼎盛。至民国初年，还有僧众2600余人，依附于佛教的道士（念伴）750人。

——就在这样的地理与人文环境中，既有丰富的自然资源，又有强大的精神资源，“上承吴越古风，下创列岛特色”，从而积淀形成了沈家门独具特色的渔家风俗习尚，成为中国海洋文化的一个重要标志。其核心是一个“仁”字。

以仁对海，心存敬畏。出船先“祭海”，回港要“谢洋”，甚至还要“敬鱼”。在海上遇到大鲨鱼、鲸鱼等，渔民要向海祷告，向大鱼撒米、丢三角旗，此谓“撒米施食，丢旗引路”，以免大鱼兴波鼓浪，掀翻渔船。

以仁对天，崇拜神灵。普陀山梵风习染舟山诸岛，信佛便成了沈家门渔民的重要风俗，“一门都仗佛扶持”。同时还崇奉妈祖、祭拜龙王……

但在“仁”的含义中，最重要的还是对人。这也构成了沈家门渔民文化中最温暖、最多姿多彩的那一部分。“一船遇难，众船相救”；“一家有客，全岙接待”；“避风难胞，一宿二餐”……

内陆人乃至包括行驶在江河湖泊上的船家，遇见死尸都会觉得是一件不吉利的事，而以沈家门为代表的浙江、福建沿海的渔民，在海洋上遇到浮尸，不管是不是正遇到渔群或丰收在望，也要立刻停止作业，将浮尸捞起，布裹席包，旋即返港，渔民称这种行为是“捞元宝”。回港后将尸体摆放在岸边，等待家属认领。无人认领者，将尸烧化，骸骨存瓮，葬于“义山”。自明代起，由几家米行牵头，在沈家门创建了“存仁局”：饥荒施饭，流行瘟疫施医药，为收敛无名露尸及无钱置买坟地的死难者，开辟“义冢山”，分“本地义山”和专门埋葬闽籍海难者和闽籍无主死者的“福建义山”。历经明、清两代，直至民国后期，沈家门的“存仁局”乐善好施，扶困济危，积德无数。

至今有些地方的青年渔民，在置办新婚家具时，仍喜欢购买一张旧床，且特别钟情在上面死过人的老床。能为人送过终的床是“福床”，人在告别这个世界的时候能死在床上就是福气。最怕“死无葬身之地”。而生活在内陆的许多人，大都忌讳居住在死过人（不是亲人）的屋子里，害怕闹鬼。躺在死过人的床上就更是令人恐惧，甚至会做噩梦！这就是风俗的力量。俗云：“十里不同风，百里不同俗”，风俗演进成文化，对人和社会的影响就会比想象的更为深远。

能像渔民这样仁厚地看待生死，就会勇，就会强，就会豪爽，就会快乐。千百年来，渔民把自己独特的文化习俗演绎得精彩纷呈、浩瀚广大。过去在各种各样的祭祀、庆典和节日中，渔民们创造了斑斓多姿的文化形式。发展到今天演变成一年一度的“沈家门民俗文化节”。其实是全球渔民的狂欢节，来自世界各地的渔民文艺表演队，融入舟山锣鼓、渔歌号子、舞龙、舞鱼等当地的民俗文艺节目中，群情欢娱，渔港沸腾。在中华民族的整个传统道德体系里，也是以“仁”为先的。仁，然后有义、礼、智、信，有这样淳厚的民俗风尚，最终必然会成就渔家最真实的快乐。

沈家门，是历史之门、文化之门、大通之门——通海通陆通世界，天助神佑通过去、通未来。门里门外，风光无限。

石都石趣

开放的大潮，令每个人都眼界大开，同时又让每个人都感觉到了自己的孤陋寡闻。比如，古老的云浮是六祖惠能的故乡，如今却成了广东最年轻的城市。也正是到了云浮，我才知道中国除了有煤都、钢都、瓷都等，还有个“石都”。

——它就是云浮。

其《县志》上记载：此地于3亿年前便形成岩溶地貌，孤山突兀，石骨嶙峋，上有奇峰峻岭，下有溶洞暗河。玉蕴山辉，暗石藏龙，其矿产资源也非常丰厚，可供开发利用的石料多达数十种，有位列四大名石的云石（大理石），以及花岗岩、石英岩、白云石、石灰石等。据说“云浮”其名，便因石而得：云石写意，云轻石重，相得益彰，相辅相成。

乾坤有精物，杰地必出灵人。早在1607年（明万历三十五年），云浮就有了石材加工业，其石匠的技艺开始声名远播，当时一些著名的宫殿、庙宇和牌楼，都留下了他们的作品。1857年（清咸丰七年），云浮出现了第一家石材加工厂，以后此类的工厂和作坊越来越多，至清末，云浮的石材加工业已经具备了相当的规模，刻石艺人甚至有了自己的节日：以每年的农历四月初八为“凿石师傅旦”。可见其石艺活跃和发达的程度。

这样一个自古就与石头结缘的地方，如今的石艺又发展到了什么程度呢？

我不妨先讲几个小故事。云浮像其他地方一样，也经历过诸如“大跃进”和“文革”之类的荒谬和倒退，石材业几近荒废。改革开放之初，一位领导人来云浮考察，接到了一份奇怪的礼物：一个精致的南瓜，饱满成熟，色泽赤黄而温润。他望着南瓜不得其解，伸手一抓竟没有拿起来，不想此瓜竟沉重得很。细看原来是石头刻的，惟妙惟肖，生动喜人。领导人忽然有悟，不禁哈哈大笑：我明白了，种一个能吃的南瓜不过卖几块钱，而雕刻一个能让人百看不厌的南瓜，动辄会赚上几百元，就是卖到上千元也说不定。而云浮又最不缺石头，云浮云浮，漫山石头，城中有山，山中有城……好啊，到了六祖的故乡，果然处处禅机，你们是想让这个南瓜告诉我，云浮的发展，先从石头着眼！

很快，云浮的石头竟在全国范围内带起一个又一个的新潮。比如，前些年大公司、大机关的门前，忽然时兴摆放石狮子，根据单位的性质和建筑样式的不同，摆放石狮子也非常讲究，大小不一，形态各异，雌雄有别……发展到后来连各地的法院门前都要摆一对石狮子。这些石狮子中的绝大部分，都出自云浮刻石艺人之手。

随后，各地纷纷大建别墅，富人们喜欢在别墅里安装云浮产的石壁炉，以及与之相配套的石雕、石画、石拼图；有钱的或爱赶时髦的单位又兴起了在大厅的中心位置摆一个自动带水旋转的大石球；紧跟着是罗马柱、扭纹柱、异形线、石扶手……凡是想追逐时尚的人，追来追去都找到了云浮。

这是个崇尚石头的时代。社会越是浮躁，人们就越是追求永恒，追求一劳永逸。而石头的本质就是不朽、坚硬和耐久。引潮者反被潮催。在掀起一阵高一阵的石头热的同时，云浮的石艺也得到了大规模的锻炼和提升，由匠艺进入创作，意韵巧夺天工，奇形可见物情。其作品堂而皇之地进入北京人民大会堂、故宫、西藏的布达拉宫，以及香港和内地许多机场、地铁站等雅致豪华的场所。中山大学的鲁迅雕像，是70岁的“老石头”欧秀明所作，他的另一件石雕《九龙鼎》，获得了国家级的文化大奖。当年雕刻南瓜的苏发，创作了一件名为《举世无双》的玉瓶，人家给出了一个举世无双的天价，他还舍不得出手……

近30年的改革开放，大致可分为两个阶段，前半截是中国看世界，后半截是世界开始看中国。于是，云浮趁风借势，引领的不单单是国内的石头风尚，还带动了一个不大不小的世界性的“石头热”。连美国的白宫、俄罗斯的圣彼得堡广场，这些世界顶级的大门面，都来云浮订货，其他国家和地区就更不消说了。埃及开罗国际会议中心最大的大理石壁画《天长地久》，长154米，高2.8米，即云浮石材工艺总厂的李森才等人根据唐小禾、程犁夫妇的画稿制作的。

云浮的石头仿佛都被禅宗六祖点化过了，出神入化、灵气飞扬。这也就极大地调动了我的好奇心，不顾盛夏的酷热，匆匆南下粤西，去看这些神奇的石头。待真正走进云浮，却看到一座花园式的新城，四周群山掩映，秀峰耸立，有山皆绿，哪有裸石？城内更是树木葱茏，处处鲜花，湖泊也明净如镜，并非满街石头。一个以石头扬名的地方怎么可能还有青山绿水？在我的想象中，进了石都首先看到的应该是一个接一个的采石场，满天飞扬的石粉，被轧翻了浆的道路……莫不是传言有误，所说的石都并不是云浮？

陪同者笑道：别着急，石都不一定非得挖自己的石头。他随即带我拐到云浮市的另一侧，这里有一条“百里石材走廊”。我仿佛一步跌入石头阵中，满眼都是各式各样的巨石，从几吨到几百吨，有的已经被切割成一片片光滑石板；还有不计其数的石头制品，一眼望不到头，每一块石头都像活了起来，令人眼花缭乱。在这条百里长街的两边，一家挨一家的坐落着3800多个石材工艺厂，年产石材工艺品700多万套（件），是世界上独一无二的“石艺王国”，或者叫“石头博物馆”！

云浮的石头不许采，那么这些精美的石头是从哪儿来的呢？只要看看各个厂家门前的大字广告便一目了然：印度红、南非翠、蒙古黑、英国白、白宫米黄、俄国浅啡……原来云浮的石料大部分来自国外，有的是国外来料加工，有的是云浮厂家自己从国外买来的。永光兄弟石材公司的办公大楼，优美而厚重，装修更是富丽堂皇，是用81国的石头建造而成。这似乎是一种象征，一种宣告：“世界名石皆为我所用，我为世界点石成金。”

云浮人不愧为惠能禅师的老乡，果真是好智慧！

南　疆

俗云：“不到新疆不知中国之大，不到南疆不算真正到过新疆。”

“北疆看风情，南疆看风俗。”

人一生会走过许多地方，真正印象美好而强烈的能有多少？喀什，正是那种去过一次就让你再也不会忘记的地方，却又很难准确地概括它的魅力……喀什是神秘的，又是现实的。

你未到喀什，喀什是现实的。它作为一种常识，让你可感可知：南依喀喇昆仑山，北接天山山脉，东临塔里木盆地，西靠帕米尔高原，喀什正好处于欧亚大陆的中心地带。再加上有高山融雪汇成的喀什噶尔河和叶尔羌河，凡山麓和河流流域都水草丰美。

因此，喀什理所当然地成了古代中国通往中亚的“丝绸之路”的要站。既充溢着浓郁的异族情调，又弥漫着“唐家风雨汉家烟”。喀什是新疆唯一的一座“中国历史文化名城”，有被流行文化演绎得神奇曼妙、令人心向往之的香妃墓，阿巴克霍加麻扎伊斯兰古墓群，以及中国最大的伊斯兰礼拜寺——艾提尕清真寺。

但是，当你真的走近喀什才会感到它的神秘和古老，却很难真正了解它。喀什早在公元2世纪就是西域三十六国之一的疏勒国首府。随便一个院子里的随随便便的一棵无花果树，就可能已经生长了三百年；冰川流经的地方，桃树都存活了至少有五百年；那些老杏树已说不清活了有多少年，道边常见的极其普通的胡杨，却能“生而不死一千年，死而不倒一千年，倒而不朽一千年”——生生死死，就是三千年！

南疆的时间，几年、几十年、几百年就如同一瞬。历史在这里显得格外沉凝厚重，你站在喀什，仿佛就站在历史之中。因此，谁又真正能说得清，历史里还掩藏着多少不为人知的秘密？喀什仿佛在述说着南疆历史中的神秘情境，站在这里伸手就可以触摸历史，闭上眼睛可以和历史对话，睁开眼睛便又回到现实之中。

历史即是现实，现实宛若历史……

历史本来就没有结局，每一个结局都是新的开始。所以，喀什又是崭新的。

寻找西北风

古谚称世间万物中有九种至宝："天有三宝日、月、星，地有三宝水、火、风，人有三宝精、气、神。"这九种宝贝不是各自孤立的存在，而是相互关联和依赖。比如今年刚入冬，京津冀雾霾肆虐，偏偏又缺少冬天最不该缺少的"风"，以至于20多天见不到日月星，人的精气神自然也大打折扣，经济损失和对健康的损害姑且不论。我一直奇怪，过去一到冬天人们都怕寒潮，怕西北风，寒潮却一个接一个，几乎天天是大西北风。我曾在城市的北郊上班，那时年轻力壮都从心里犯怵，早晨顶着大风要蹬上两小时，每天赶到车间后贴身的衣裤全湿透了。如今天气稍一转凉，浓雾重霾就汹涌而来，弥漫天地，于是人们像过去干旱求雨一样天天祈盼西北风，祈盼寒潮。西北风却变得金贵无比，架子极大，或者偶尔来一点，软弱无力，根本奈何不了嚣张而又死缠烂打的雾霾；或者像抽风一样突然大冷一下，但来去匆匆，不能持续。那种连续刮上好多天的“大西北冽子”，更是多年见不到了。于是半年前我参与了一次“寻找西北风”的旅行……

那是盛夏末伏，闷热难挨，不仅通身是黏的，连呼吸都是黏的。以前当人们热得快受不住了，就会下点雨、刮阵风，如同农村闹几年灾老天爷便会给个好年成一样，总得让人能活下去。如今却整个伏天无风无雨，人就难熬了。惹不起躲得起，搭朋友的便车直奔自古有“风都”之称的乌兰察布，去寻找清风。这位朋友1957年被打成“右派”后，在乌盟（现在改为市）待了18年，在车上我向他请教，中国有煤都、钢都、镍都等，俱是盛产一种实实在在的东西，风这种东西没有根、没有形，想来挡不住，想走留不得，怎么也会有个“都”？

朋友反问，谁说风没有根？乌兰察布的风就有根，过去一年到头就刮一场风，从初一早晨刮到大年三十夜里。这到乌市找风是来对了，乌兰察布虽然处于内蒙古的中心，却是北京、天津的上风头。果然，车一进乌市境地，身上顿觉清爽，喘气都痛快了，车窗外的景色也越来越好看，地是绿的，山是青的，天则一会儿阴，一会儿晴，有块云彩就下阵雨，把全车人的心情都冲洗得洁净疏朗起来。

以后在乌兰察布的几天里，气候大抵都是这个样子，清凉自不必说，但狂风、大风也极少，“风是雨的头”，大多是说风就是雨的好风。农谚云：“晚上下雨白天晴，打的粮食没处盛！”有这样的气候乌兰察布自然也是林木青翠，草场繁茂。大自然的喜怒无常、厚此薄彼着实令人费解，南方多雨自不必说，北部竟也风调雨顺，为什么唯独华北这块中间地段缺风少雨、干旱酷热?

几天后我们投身大草原，特别是辉腾锡勒（“寒冷的山梁”），位于北纬17度，方圆700平方公里，是世界上仅有的两块“高山草地”中最大的一块，另一块在加拿大。置身草地，最引人注目的景观却不是杂草和各色野花，而是发电用的高大风扇，像巨型的三瓣魔花，开遍漫山遍野。风小小转，风大大转，狂风飞转，草原上空如同布满了极速旋转的大刀片。我一下子理解了气象学家的一个观点，“风力发电偷走了中国的西北风”。其实不是“偷”，是抢，是扣留，或者叫噬毁了西北风。不管是什么样的飓风，即便是龙卷风，其力量全在一个“卷”字上，形成了团，拧成了旋儿，才可摧枯拉朽，横扫一切。然而无论多么强烈的风，一刮到这儿即刻就被切碎了，打软了，变成零散的风丝，力道顿时消解。

乌兰察布就是这样把自生的和路过的所有大风，全留在了此地，把过去一年到头刮不完的一场大风，零刀碎剐地变成了一阵又一阵的“和风细雨”。自然也不会产生什么“蝴蝶效应”，因为连鸟都没有，无数飞旋的风刀霸占了天空，所有能飞的禽类都躲得无影无踪了。

乌兰察布如此，内蒙古其他地方也如此，新疆更是如此，在整个中国的上风头竖起了一道道、一层层的风电网，处于下风头的地方，也就只能拣一点被用过的、疲软的漏网碎风。现代人抢水、抢地、抢太空（天）……如今又开始抢风了。

净土在哪里？

佛教里有净土宗。《摄大乘论》里说："所居之土，无于五浊，如彼玻璃珂等，名清净土。"

可见净土就是没有被五浊（劫浊、见浊、烦恼浊、众生浊、命浊）垢染的清净世界，如"阿弥陀佛净土"。但当今滚滚尘世之中还有净土吗?

几年前美国科学家在亚利桑那州造了一个世外桃源，名为"生物圈2号"。他们曾给地球命名为"生物圈1号"。四男四女共八名科学家在这个与世隔绝的小生态系统中度过了731天封闭式的自给自足的原始生活，种庄稼，养禽畜，搞研究，遇到了重重困难，也享受了自己动手、丰衣足食的快乐。

他们此举并不是想为世界创造一块净土，而是为了征服，为将来向太空向火星移民做试验。那个占地三四英亩的人造世外桃源，让人想到了净土，引起全世界的关注，报名想参加试验的人踊跃异常。与其说大家争先恐后是为了将来上太空做准备，我宁愿相信是现代人们向往一种与世隔绝的自给自足的田园生活，向往一块净土、一块乐土、一片绿色。

这里提出了一个问题：上太空为什么要先当农民？最“原始”的种地和最“尖端”的航天之间有什么必然的联系吗？倒是德国著名的精神病治疗医生汉斯·兰比希设计了另一个举世无双的明希威勒农场，占地50公顷，种植土豆、小麦、甜菜，喂养着肉牛、奶牛和鸡鸭等禽畜。在四名护理人员的协助下，他带领着一批在现代社会生活中精神受到刺激和心理严重失衡的不幸者，春种秋收，自食其力。渐渐地情绪放松，改善了自我感觉，性格恢复正常。这就是意味深长的“农场疗法”。

现代生活造成了许多现代疾病，而发达的现代医学却治不了这些现代疾病，不得不求助于改变生存环境和生存方式，采用最原始的“男耕女织”的办法，不想竟收到了奇效。因为“农场”隔绝了社会的污染源，保护病人不再受“五浊”的侵害。

那么，人到底需要什么？为什么在人们的心目中，“净”总是和“土”连在一起？然而人们并不喜欢土，不愿沾土，不愿身上有土，不愿被人说是“老土”……却没有一个人能真正离得开土，到哪里去寻找一块既不脱离现代社会，又可永久地安身立命的净土呢？

人间或许确实还有这样的地方。今秋十月，我就去了这样一个地方，当地的人都说我来得不是时候，应该在夏天来，能看到真正的绿。44万亩大绿，波澜壮阔，多姿多彩，绿油油，水汪汪，纤尘不染，天地洁净，却磅礴着强大的生机。或者在冬天来，大雪覆盖，世界一片洁白，饱览高寒地区的风尘，可滑雪，可打猎……

然而我还是庆幸能在这个时候来，见到了黑土地，见到了黑土地上的秋熟。

成熟的大豆变成了铁褐色，齐刷刷、黑压压，像比着尺子长得一样齐，一样高，一样饱满，在辽阔的黑土地上无拘无束、无穷无尽地铺展开来。我头脑里原有的关于庄稼地的概念是成块的，成条的，有各种形状的，有大有小，地里长着高高低低、五花八门的庄稼。站在黑土地上却不敢确定这还叫不叫庄稼地？这里的地没有边，没有界，没有形状，天是圆的地就是圆的，天是方的地也是方的，你一眼能看多远，大豆地就伸展多远。如同航行在太平洋上对海水的感觉一样，谁能估计得出海水有多少呢？

黑土地上的秋收是一场真正的大战，几百台各种型号的大型联合收割机，有规则地分布在44万亩土地上，排开了阵势，这一个个庞然大物把大豆连秆带荚一并吞下，将滚圆的豆粒留在自己肚里，又飞快地吐出豆秆和豆荚，如同战舰搅起海浪。拖拉机跟在它后面耙地，辛苦了一年的黑土地又露出它的真面目，显得轻松而欣慰。卡车往来穿梭，把收割机吐出来的黄灿灿的豆粒运到场院里。说它像一场大战，还因为从战斗一打响便不能停下来，不分昼夜，大概要持续一个多月。直至把黑土地上的最后一粒豆子收进仓库。我来得正是时候，秋收大战正进入高潮。

这块黑土地的中心是北纬49°，东经125°，从中国地图上看，正处在鸡头的脑部。头冷脚暖，属高寒地区，冬季气温为零下48摄氏度，年平均气温是零下1摄氏度，全年无霜期只有100天左右。大豆早一天不熟，熟了就得抢，说不定哪天一场大雪盖下来，一年的辛苦便付之东流。说是晚秋，比关内的初冬还要冷，而且越躲在房子里越冷，扑到黑土地里，则会感到一股无边的热力……一望无际的黑土，黑得纯粹，黑得油亮，黑得湿润松软，仿佛一把能攥出油来，当地人说插下根筷子也发芽。同时又黑得干净，黑得让人生出一种亲近，想在上面跑一跑、跳一跳，想在上面打滚，沾上一身黑土黑泥也不会嫌脏。

黑土地富有而强大的生命力，仿佛能使人变得热情、单纯和高尚。我让自己感到了惊讶：为什么一见之下就喜欢上了这片黑土？也许是被征服这片黑土地的人所吸引吧？在这块土地上生活着，或许应该叫战斗着3600多名特别的人，说他们“特别”是因为他们有着多重身份：首先他们是正规部队，有着正式的番号，战斗力不亚于任何一个野战部队。他们又是农民，主要任务是种地打粮食，他们另有一个牌子，叫“嫩江基地”。他们还是科学家、企业家、工程师、工人，善观气象，懂得土壤，精通机械，每个人都能操作联合收割机、播种机、拖拉机、汽车……似乎凡是有发动机带轱辘的他们就会驾驶。

黑土地的文明造就出来的人，无论他们有着多么大的本事，有着怎样的才华，成就了多么骄人的业绩，外表和骨子里都有一股真淳，一种诚厚。他们有着农民的朴实，工人的干练，军人的作风，知识分子的素养，像种子一样，走下去立刻和这片土地融为一体。把他们中的任何一个人单独挑出来，都是出类拔萃的，身上背着一串荣誉，毕业于各个年代的大学生、中专生一抓一大把，功臣一抓一大把，奇才、怪才、能工、巧匠、格外能吃苦的、格外能干的一抓一大把……

他们为什么会聚集到这里，并能长期留了下来？缘于对绿色的向往，被绿色吸引。他们选择了部队也就是选择了绿色，成了军人便是接受了绿色的选择。人有一种精神，这是一种绿色的信仰——绿色代表强大的生命力，代表希望。即使在白色的冬天，积雪没膝，处处冰凌，本应该是绿色退却的季节。可部队的冬训又使绿色占领了冬天。3600名官兵，身着整洁的绿军装，头戴绿军帽，手戴绿手套，开到冰雪覆盖的操场上。于是，在雪白的冬季，在嫩江基地雪白的旷野上，又出现了一片片整齐而雄壮的绿色。使冰冻雪封的大地又有了生机，军人们的脸上红喷喷，冒着热气。

绿色有着强大的生命力，用长久的眼光看它，绿色是不可战胜的。绿色是大地的诗。创造这诗，要有足够的真情实意和诚朴。强盛的绿色又调和着人和大自然的关系，也调和着人和人的关系，缓解了现代社会的紧张。就这样，嫩江基地辽阔的黑土成了许多现代人羡慕的净土。外边的人一走进基地，很容易惊讶这里的男人雄姿英发又厚重稳朴，厚重稳朴又气宇不俗。而女人们更是美得令人难以置信，那肤色，那脸上的润泽是现代化妆品绝对涂抹不出来的。一场场长高学贵接到总后勤部的领导要来视察的通知，便给自己的妻子打了个电话。他的妻子是基地理发店的经理，接到丈夫的电话，立刻带上全套理发工具，赶了80多公里的路，来到一场。在一场的地头、路边、场院里、汽车旁，她挨个给干部、战士理发。人漂亮，手艺也漂亮，干净利索，把一场的脑袋一个个收拾得精神百倍。一个多月来他们忙于抢收，几乎连吃饭、睡觉都嫌麻烦，哪还顾得了头发。把脑袋交给场长夫人来整理，他们放心，甚至可以说是一种享受。我在一旁看着都觉得舒服、自然，她穿着大红毛衣，系着雪白的围裙，打扮入时，风采俏丽。却和这黑色的旷野，金黄的大豆山，粗笨的联合收割机极为谐调，画龙点睛般地使紧张的秋收有了笑声，有了温情，有了动人的色彩。

嫩江基地连年保持人均产大豆的全国最高纪录，是最优秀的绿色企业，无论军内军外，任何一个农业单位都不能与之相比。这证实了绿色基地人的优势。这里有科学的解放，必然有人的潜质的最大解放。人的优势要依赖与之相适应的环境、氛围。当今世界上，越是经济文化发达的国家越重视绿色，绿色成了发达和文明的象征。它可以调解人的精神、缓解现代社会激烈的生存竞争。同样的种子，在嫩江基地就可以种植出品质最优良的大豆，搬到别的地区播种则未必会优质高产。44万亩大豆苗，横看密密匝匝，波浪起伏；竖看则垄背笔直，整整齐齐。每一棵豆苗都有自己独立的根系和生存空间，靠自己的力量进行光合作用，完成生长过程。同时它们又是生长在一个庞大强盛的集体里，得到了统一的科学的管理和护卫。

我曾经在早晨5点钟起床，尽兴地在黑土地上跑了一天，翻越小兴安岭余脉，横穿黑龙江省北部，直到中俄边境，可算在一个更广阔的背景下对黑土地又多了一些了解。地球上有三块黑土地，一块在乌克兰，使乌克兰成为苏联的粮仓。另一块在北美洲中部，使加拿大小麦居世界之首，使美国成为世界头号农业强国。第三块就在中国东北部，松花江和嫩江平原上。见惯了黄土和红土的人，常以为松嫩平原上铺了一层黑粪。翻开的黑土，松软，湿润，在阳光下闪着亮光，如同挂了一层油。

有了这样的黑土才会有盛大的绿色。

奇怪，世界三大块黑土都分布在北纬45度以上的寒冷地带，说明寒冷是形成黑土地的一个重要条件，经过寒冷孕育出来的绿色才能辉煌壮阔。大自然是公平的，它让南方温暖多雨，四季常青，但青山绿地之下没有多少内容。北方一些不毛之地，甚至莽莽沙漠之下，却埋藏着石油。一些光秃秃的大山，里面埋着宝藏，如甘肃的锡、山西的煤、辽宁的铁……

黑土地也是大自然对人类的厚赐，嫩江基地没有辜负这片黑土地，让秋天的黑土上覆盖了一层金黄：割豆的，晒豆的，装豆的，运豆的，一幅秋满人间的兴旺景象。但还有一部分顽强的绿色，仍留在针叶松的枝头，或者成片地占据着某处的山岗，或者像围墙挺立在路的两旁，随着路势起伏蜿蜒着。坐在吉普车里，看前面的路，有时像驼峰，有时会直立起来，像通天的胡同，待走到跟前，路仍旧是平的。是路两旁交替变化的各种树林，使黑土地上的路变得神秘了。

晚上，当我再次翻越小兴安岭，急急忙忙往基地赶的时候，突然天降大雪。四周一片漆黑，唯有车灯吃力地照出车头前的一小片雪景：关里的人难以见到这么大的雪，雪花大如拳，不是从天空飘落下来，而是从旁边的黑暗中突然弹射出来，一团接一团，一团赶一团，旋转着，推进着，拧成千万条粗粗的雪绳，永远扯不断，拉不完。

吉普车仿佛已经被这些雪绳塞住，缠住，车轮打滑，慢慢爬行。而雪团不停地射来，最后竟变成了雪枪，吉普车头如张开的大口，以与雪团迸射相同的速度吞吃着这些冰冷可怕的东西……

农历刚进九月，序属三秋，就下这么大的雪。向导告诉我，从现在起一直到明年阳历5月，都会大雪不化。大雪覆盖，正可以保护墒情，地里的水分不蒸发，雪水本身又富有养分……这就是寒冷的妙处了。

黑土地用多半年的时间做准备，积蓄力量，迎接新的绿色。这绿色怎么会不强大，不充满生机。部队在冬训，黑土地也在冬训，全是为了来年新的绿色。

在我即将离开嫩江基地的时候，基地送给我一袋黑土，这是非常珍贵的礼物。我家里有近二十盆花木，明年春天倒盆换土的时候，我将给每个盆里都撒上一把黑土，愿我的花木也能长出嫩江基地那样的绿色。

黑和绿的对峙

“紫电光牖飞，迅雷终天奔。”嫩江大平原上天和地愤怒地对峙着：地是绿的，绿得广阔，绿得深透，天之下一切皆绿，万物皆绿。绿得多姿多彩，绿得层次分明，有深有浅，有浓有淡，有翠有嫩。绿得让人狂、让人醉、让人爱、让人静。天则是黑的，黑得沉重，黑得阴险，黑得骄横，奔雷连串，疾电频闪，压迫着大地，炫耀着威力。

天在气势上占了上风。

黑天四垂，怒云搅动，对大地越抱越紧，越压越低。大地虽有无尽的绿色，却显得娇嫩脆弱。

有一绿柱挺立其间，仿佛是绿色选出的代表，硬顶着暴怒的老天。

这是一个军人，戴着绿色大壳帽，穿一身绿军装，肩上扛着大校肩章。他站在海洋一般平阔无际的大豆地里，大豆长得茁壮而整齐，如刀裁的一样，他就显得格外突出，成了豆地里的一根柱子。

他身躯精壮雄健，眼光湛湛，死死盯住头顶上变幻莫测的乌云，这就是总后勤部嫩江基地主任郑完植大校。他领导着3000多名官兵，耕种着44万亩黑土地。由于市场的变化，春小麦买的人少了，人们的口味高了，春小麦可以充饥，好吃则不如冬小麦。而大豆，无论是国内市场还是国际市场都供不应求，精明的日本人就专抢东北大豆。因为这里是世界著名的三大黑土地之一，土质好，日夜温差大，夏季光照强烈，种出的大豆养分全且损耗少。郑完植权衡利弊，思虑再三，下令将85%的土地种上了大豆。所幸大豆长势茂盛，如无意外今年又是丰收。丰收的概念就是产出2亿多斤大豆，上缴8000多万元利润。

而意外——眼前就是冰雹！

在这个季节，一场冰雹就可能将即将到手的丰收毁于一旦。郑完植日夜警惕的且怀着几分戒惧的正是冰雹。他每天必修的一门功课就是关心和研究气象云图……

然而，天道难测。当今世界没有任何一个国家的农业敢说不用靠天吃饭了。有着强大的工业和现代科学支撑的美国农业，都对付不了病虫害和俄亥俄州的干旱，去年玉米和大豆大幅度减产。有知识的人早就不再叫喊“战胜大自然”的空话了。

他郑完植只希求能跟老天达成默契，相互体谅，相互合作。天道主于变，人道主于常，天道就是气候和环境，是一种常变量，而人的因素是相对稳定的不变量。天道在变中有常，有个大致的规律可循；人道在常中有变——能让老天默契合作的人，必须素质好，变中有其不易，不易表现在变中。

黑土地本来就松软，未开垦之前多沼泽。嫩江基地的平原被夹在大小兴安岭中间，有此绿色屏障调剂，雨量充沛，过去是十秋九涝。雨水多还有一害，雨季机械很难进田作业，有时拖拉机陷进泥水中只剩下一个顶盖，嫩江基地是机械化大农业，机械不能动弹，就只能眼看着草长虫咬，任其荒芜。

郑完植给全基地的机械设备都装上了防陷链，让任何机械在任何气候下都可下田作业。倘若在收割季节赶上连阴雨，即便把小麦或大豆抢到场院里又有什么用？只能眼看着粮食发霉、出芽，丰产而不能丰收。对种地的人来说，到手的粮食又丢掉——还有比这个更痛心疾首的吗？郑完植不缺少将出路押在一条行动路线上的果敢，他下狠心在基地所属的8个场建起了16座烘干塔。塔建成之后只要丰产就给丰收打上了铁保险。还有除草、灭虫、大豆重茬……都有了点把握。

郑完植小心谨慎地靠近大自然，既不想激怒大自然，又不是处在软弱无能的地位上和大自然打交道。他有坚如黄金的意志，又是个富于变化的大师，每年都有新招数、新套套，居然真的和老天达成了某种默契：平均每亩产粮由最初的260斤到300斤、400斤、500斤、600斤；每年的利润由800万元到1000万元、2000万元、4000万元、6000万元、8000万元。

基地的每个人每年平均给国家上缴2万多元。

当今中国有几万家拥有职工3000人左右的企业，它们地处发达的大城市，得风气之先，其中能有多少家每年可以给国家上缴8000万元的利税呢？

郑完植和他的战友们在地处高寒地带、偏远闭塞的黑土地上创造出来的这一连串的数字，能使许多人惊奇、慨叹，想得很多……

然而，现代社会还有多少人重视农业和瞧得起种地的呢？

农村人要争着到城里去打工，农民要戴上“企业家”的桂冠才会受到重视，当他们总结致富的经验时还要说：“无工不富，无商不活。”谁还会想到农业呢？现代人喜欢穿地道的棉毛织品，不喜欢穿化纤织物；喜欢吃绿色食品，恐惧有污染的东西；喜欢到大自然中享受原始的野趣，不喜欢被关在一个充满污染的狭小天地里；所有现代人喜欢的这些东西都和农村有关，却没有人愿意到农村去工作，去生活。人人都承认“民以食为天”是至理名言，却又鄙视生产粮食的劳动。

所以中国有10亿农民，占世界农业总人口的1/3，创造了数千年的农业文明，如今却不是农业大国，称得上头号农业大国的是经济发达的美国，其次是英国、德国、法国、加拿大和澳大利亚等国家。看来越是工业发达的国家越重视农业，我们戴了几百年农业国的帽子，人们厌恶这顶帽子，因而也厌恶农业。其结果这顶帽子却老也摘不掉……

不错，郑完植是种地的，他还是个职业军人，是“庄稼兵”，而不是普通的“庄稼汉”。“庄稼汉”碰到这种情况也许只好听天由命，躲到自己的房子里等待灾难的降临——这总比被冰雹当场砸死要好。

郑完植不能躲，他也不想躲。他要和老天谈判，做最后的努力。

天越来越黑，黑得让人毛骨悚然。雷——横着炸，闪——立着劈，回回都在他头顶、在他身边炸响，却还没有伤着他，似乎只是想把他吓跑。他的脸色比天空还要阴沉，一嘴坚实的好牙咬得很紧，并不理睬虚张声势的雷电，眼睛只盯着咆哮的乌云，不敢有丝毫的疏忽。

几十门高炮从不同的方位瞄准了乌云，在场的100多名官兵，不，是全基地3000多名官兵的眼睛都在盯着他，只等他一声令下就向天开炮！

在这种时刻更不能有一丝差错，他是个冷峻深沉的智者，倘若开炮不是时候，打不准，不仅不能将冰雹云驱散，还会把别处的冰雹吸引过来都砸到自己这块土地上。1000米高的天空是零度，越往上温度越低，冰雹云是上下运动，而一般的雷雨云是横向移动。郑完植就是要在乌沉沉乱糟糟的天空捕捉冰雹云，然后用炮火破坏它的上下运动，使之形不成冰雹。

说起来轻巧，他也是血肉之躯，顶着炸雷，背着闪电，随时都有被击中的可能，还要准确地观察云的运动，真是谈何容易！

他站在大豆地里，显得高大威猛，太醒目了，正是雷电要寻找的目标。他的部下更关心他的安全，却不敢向前劝说。他一切都不顾了！

几年前，一场大冰雹倾天而下，一个战士心疼地像疯了一样冲进大豆地。一个不怀好意的等待已久的雷电紧跟着向他劈过去，在这时候突然从风雨冰雹中飞出两只大雁，抢在闪电前扑到战士身上。雷电过后两只大雁都死了，战士却安然无恙。冰雹过后，半人高的绿油油一望无际的大豆变成了一片黑泥。战士们趴到地里号啕大哭，哭丢失的大豆，哭惨败的黑土地，也哭那两只善良勇敢而又通灵的大雁。

此时此刻，郑完植的身边没有大雁，也没有别的飞鸟。也许是这场冰雹来势太凶恶，把一切生灵都吓得躲藏起来了。

又一道龙爪形的闪电，把厚厚的云层撕开，如同一锹捅漏了危如累卵的长堤，困兽般的大水顷刻间将一泻而下。郑完植闻到了浓重的水气，脸上感到了冰的寒意，他识破了乌云的狡诈：在快速平移的乌云上面，厚厚的冰雹云在迅疾地上下翻动，在密谋，在凝聚，在调兵遣将……

就在这时候他下令开炮了！

炮口吐着长长的火舌，划破了天的阴沉和乌云对大地的笼罩。特制的炮弹像冰雹一般倾泻到空中，在云层里爆炸。天空抖动，乌云翻腾，连雷电也被炮火震住了，不再逗留在郑完植头上张牙舞爪，开始向高空，向远处退去。

大个的雨点从空中撒落下来，所有在场的人都心里一惊：这种干巴巴的大雨点正是大冰雹的前奏。人们担心炮击失败，反招来更大的灾害。

郑完植没有让炮火停下来，继续向乌云轰击！

雨点越来越稀，渐渐停住了，并未引来冰雹。天色也越来越亮，空中更多的是炮火的硝烟，乌云急速升高流散。

郑完植命令停止射击，他就势一屁股坐在豆地的垄埂上，泥水立刻湿透了军装，凉丝丝，他感到很舒服，很想躺下去……

他看着越来越高的天空，渐渐露出了原有的蓝色。刚才有那么多乌云，塞满了整个天空，甚至要把天压塌，想不到说散竟然消失得这么快！他在心里默默地向天空说：谢谢合作！

他低下头把水灵灵的大豆秧揽进怀里，让豆叶和豆荚摩擦着自己的脸，湿漉漉，毛茸茸。他吸吮着大豆地里青幽幽的香气，数着每棵秧上长了多少豆荚，每个荚里结了几个豆粒，四个粒的占多少，三个粒的占多少……

他的部下在喊他，他们着急地大声询问：“你们看到郑主任没有？”

附近的农民抬着肉，抬着菜，还有西瓜、汽水，到营房来慰问来了……部队驱散了冰雹，方圆百里内的农民都跟着沾光……

郑完植没有应声，他只想一个人在这大豆地里多待一会儿。

千年传奇“江之阳”

江阳，“酒城”泸州的古称。当地还流行一种昵称：“江之阳”。

古云：山之南、水之北曰“阳”。长江自青藏高原的唐古拉主峰一路倾泻南下，至江阳从南面抱城而过，并顺带吸纳沱江，方开始转头东奔。这条亚洲第一长河，横贯南中国6300公里，两岸像模像样的城市不下数十座，惟江阳占全了“江”与“阳”两个字。

“枕带双流，据江洛会”，因水而生，以水为性。“肘江负山”“鸡鸣三省”，负阴抱阳，以火为形。遂得风气之先，又兼具滚滚江水的劲势。长江成全了江阳，江阳对长江的格局与气韵的形成又至关紧要。于秦时造城，汉代置郡，兴于宋明，尝有“北宋看开封，南宋数江阳”一说。当时老窖酒已香飘四海，城里城外，招牌林立，“城下人家水上城，酒村红处一江明。”其繁华可见一斑。

至清代已成“西南要会”，改建城橹，鼎新雉堞，岌然周遭，雄冠西蜀。

城市一出名就变大，城市越大越需要一个中心，是谓“城中之城”。江阳便成了拥有“浓香鼻祖，酒中泰斗”的泸州心脏。恰逢江河文明进入鼎盛时期，江阳本就是山水城市，有广阔的滨水空间，应时顺势建起了西南第一个自立式综合码头，被列为重要的商业口岸。四海八荒，物畅其达。民谚称：“装不满的泸州，填不满的重庆”，即在江阳不停地装，到重庆不停地卸。

这还不算奇，偌大一个“文明古国”，千年古城总有几座。但从曾经的繁华与辉煌转型为“极度适合现代人居住的城市”，江阳即便不是首屈一指，恐也排在前列。这固然要有大数据支撑，但更需百姓认可，要有佳话在民间流传。

物质过剩的商业社会，人们却奇怪的缺少幸福感，以至于记者们举着话筒在大街上一遍遍追问路人：“你幸福吗？”或许是受此启发，国家民生机构组织问卷调查，借以测选中国“幸福指数”最高的地方是哪里？为保证能公正的得到一个真实的数据，规定每台电脑、每个手机只能投票一次，其调查结果发布在《2016年中国民生白皮书》上，江阳得票第一。

早在1995年，国家就颁给泸州的江阳“国家卫生城市奖”，

2000年联合国又送来一个令世界许多国家艳羡的“改善居住环境最佳奖”，此后还有“森林城市”“园林城市”等诸多封号送过来。在普天下都在怨怼生态毁坏惨重、环境污染酷烈的情势下，江阳的“独善其身”，难道不令人称奇吗？

那么，是江阳天生自然条件好，是谓“天赐”，还是后天人之所为？抑或是兼而有之，天不负人，人不负天？民间有个说法流传甚广：“江阳的水土养人。”老百姓的根据就是江阳“美女如云，猛士如虎”。“川妹子”的佳名举世皆知，然江阳女是“川妹子”中的精品，除去泼俏能干，又多了几分温润柔婉。一如人物画大家、江阳人蒋兆和笔下的女子之婀娜多姿。朱德作为全军总司令，也可以说是自江阳发威成名，在六七年的时间里他率军连打胜仗，剿匪除霸，威名远震，百姓敬仰。先是成功领导了“泸顺起义”，随后才有了“南昌起义”。至今江阳朱德旧居的门楣上还镌刻着“虎帐威犹在”的联语。

再问一句：如此“养人”的，会是怎样的一种水土呢？

先说水。地表水资源当然以长江为主，此外还有沱江、倒流河、渔子溪等计29200亿立方米，再加上5699亿立方米的地下水，其水资源总量为34800多亿立方米。这组数字能表达一个什么概念呢？北京的水资源总量是21亿立方米，人均100立方米，而世界人均淡水量是8400立方米。世界缺水，中国尤甚。国际上一些重量级学者一再放言，下一次世界大战不是为抢油，而是抢水。事实上已经等不及大战爆发，许多年来为了争水，村与村、镇与镇，乃至县与县，结怨甚多。而江阳，每年入境水量为2421亿立方米，出境水量却是2946立方米，不是从长江截流，而是向长江输送了520多亿立方米的水。这对成就长江下游的雄浑壮阔之势，居功至伟。

别处缺水，江阳何以水用不完呢？因其地处“天府之国”四川盆地南部，下有河网纵横，上有群峰护卫。镇镇有山，县县有水，处处依山傍水，山水辉映。据传明建文帝曾站在方山之巅数出江阳有九千一百座翠峰，从这些峰峦上流下来的可都是净水、矿泉……自古以来天下以水为净。水量丰沛，地下自然不会像北方那样，因过量打井形成一个个巨型漏斗，大量工业污水就得以偷偷注入地下。所以水越多，越干净，越是缺水，污染越重。古训认为“滴水”是“恩”，在严重缺水的现代社会，尤其如此。可见江阳之水，既是上苍对江阳的厚爱，也是江阳之德。

所谓水土养人，莫如说是水养德，德养人。

“水”如此，再说“土”。人们大多只知中国有黄土、沙土，东北是黑土，云贵多红土。被誉为“天府粮仓”的江阳，竟是紫土，俗称“水稻土”。厚约60厘米，沙壤适宜，肥力较高，宜种性强。一片片数万亩或数千亩一块的河滩地，打理得十分齐整，与川江搭配成巨幅图画，美不胜收，令人叹为观止。凡对农村有一点点感情的人，看到江阳的土地，都会从心底生出无限欣慰，恋恋不舍。

而江阳之“阳”，又是以山为背景、为依托的。古时便有“三山九庙不出城”之说。其实还有玉蟾山、乌蒙山、忠山、方山、笔架山等。仅一座方山，就令世人千秋万代难以描摹。其形八面，面面皆方，方方正正，巍峨高耸。上面古木参天，郁郁苍苍；下瞰两江，江江如练。汇势聚气，景象万千。“天下名山僧占尽”，这样的好山自然少不了古刹、名刹，至今尚存48座寺庙，深锁于淡烟乔木之中。其中云峰寺里有世界独一无二的黑脸观音，妙相庄严，香火鼎盛。佛因山兴，山因佛名，难怪清康熙至此，兴奋异常，挥毫题匾：“第一名山”。

有什么样的水土，就会有什么样的物产。江阳盛产糯米、高粱、玉米……于是，粮食的菁华——老窖酒在古江阳诞生了。至秦汉成型，于唐宋大兴，浓香甘洌，回味无穷。后来被尊为“中国白酒鉴赏标准”。于是，以江阳为“核儿”的泸州，与赤水、宜宾成为“中国白酒金三角”上端的一角。

人们常说，长树的山里无矿，荒山秃岭埋宝藏。有着“佛宝国家森林公园”、大面积原生黄荆老林的江阳诸山，不仅极目葱茏，绿波滚滚，下面竟矿藏丰富，世所罕见。也因此成就了

“江阳之谜”：这样一个优美的山水古城，产美酒以醉人是合情合理，天遂人愿。谁能想得到，江阳竟然还是西南大型机械制造中心、新兴能源产业基地。这可是支撑国家经济发展的支柱型产业。一个城市的“幸福指数”，不能没有自豪感。而自豪感来源于“活得好”和成就感——对自身存在价值与贡献的欣慰。

然而，都说“一方水土养一方人”，国内乃至世界，辜负甚至毁坏了好水土的例子数不胜数，为什么千年古城江阳的好水土，能将人养好呢？

江阳之“谜”很多，有“谜”才有传奇。比如张坝桂圆林，4500余亩，百年以上的桂圆树15000余株，树龄最长的已有360年。而桂圆树，越老肉质越佳。从张氏先祖发现长江在江阳形成的“几”字形套窝里，最适宜种植桂圆，果实甜美多汁，距今已传至第十五代，是全国最大的一片桂圆林，也是国家唯一的“桂圆种植基因库”。其间还杂有数千株荔枝及楠木等珍稀树种。这么一大片少有珍贵的古木园林，管理得竟像没有人管的野园。浓荫重重，有通幽的曲径，也有较敞亮通透的明道；古木奇形怪状，闲花五彩斑斓，满园野趣，又不失洁净美适，令人流连忘返。

每年自夏至秋，香飘四野，荔枝先熟，桂圆随后，硕果压枝，累累团团，摇摇欲坠，除果树的主人采摘，无人看管，也无人偷摘。全园没有一幅强制性标语，诸如在许多大公园乃至名园里随处可见的“不许采摘果实！”“不许攀爬树木！”“不许毁坏果木，违者重罚！”“不许乱丢垃圾、践踏草地！”等不一而足。张坝桂园林外没有围墙、铁网，园内没有隔离性的栅栏，任何人随时随意都可进入。园内可散步，可健身，可休闲娱乐……园内的果木属于不同的私人产业，许多年来无人发现有丢失、损坏的现象。江阳人的修为和善良，又是如何练成的呢？

巨大的张坝桂圆林，成了江阳人精神面貌的一面镜子。

“传奇”不只需要有大架构、大事件，还要有无数小故事。深冬的一个深夜，两位多年未见的老知青邂逅，酒足饭饱，握手拥抱，一位依依不舍地走了，另一位摇摇晃晃在将要摔倒的一瞬，巡警抢步向前将其扶住，不料此兄已醉得不知此身何身、家住哪里？巡警只好将他架到警车上。他身子一挨座椅，便极自然地顺势倒下，呼呼睡去。巡警打开车上的暖风，让这位老知青在警车上舒舒服服地大睡了一夜。谁说这个世界冷漠自私？江阳的警察是不是让人感到一种难得的安全与温暖？

当许多城市里“狗案”频发、“狗患”连连，江阳分水岭镇的狗出门，都戴着笼头。网上还流传过一段视频，江阳的狗呀猫呀在市区过街，都会走斑马线……那种装腔作势、人模狗样确实好笑，可以当笑话传，也可以看作一种佳话。习惯成自然，积微成大，便强有力地影响着社会风貌。

——等等，等等，这便不难理解，江阳为什么至今仍然“德泽莺声韵正长”。

古江阳原是巴国重镇，盛行“袍哥文化”。而今“袍哥”没有了，“文化”留下来，并随着社会变革衍生出一种重情重义、忠孝刚正的民间风俗。以忠山立誓，以方山为碑，以天下独有的报恩塔为证。

这也正是江阳最为神奇之处：在被称作“多灾多难”的中华大地上，“自有历史记载以来，江阳却从未发生过大的灾难。”当今世界还存有许多未解之谜，或许江阳之谜，暂时可用古人的智慧来解释：“善不妄来，灾不空发。”千年的幸运，就绝不是偶然，极有可能是人类行为的必然结果。

“江阳水土”的本质，不是水，不是土，是人。

唯人，才是城市活力的根本动力。江阳在城市沿革中，选择了对人的尊重和爱护，让百姓切身感到舒适与自信，这才是千年古城依然生机勃发、活力激射的原因。

“以义取人，以道自任。”江阳创造了自己的传奇。这传奇说不定会成为现代城市文化的经典，也未可知。

扬州借景

前不久在扬州参加一个对话会，有位外语学校的女同学说，她喜欢怀旧，却又有些惶惑，不知该当作优点对“旧”继续大怀特怀下去，还是把怀旧当作坏毛病尽力克服？当时会场上发出一片笑声，可能觉得一个十二岁的女孩子大谈怀旧，未免有些滑稽，她能有多少“旧”可“怀”呢？总不至于老怀念第一次吃麦当劳的经历吧？

当我知道她为什么爱“怀旧”以及怀的是什么“旧”时，不仅笑不出来，还觉得她的问题很难回答。实际是这个女孩子格外敏感，道出了一种扬州的文化现象。在扬州爱怀旧的并不单是她这个刚上初一的学生，整个扬州无时无刻不在“怀旧”。往实里说，扬州人津津乐道的是“早晨皮包水”（喝茶、吃汤包以及一道道的汤汤水水），“晚上水包皮”（泡澡堂子）；扬州的“三绝”是“三把刀”：厨刀、剃刀、修脚刀。

再往大处说，扬州的媒体、领导干部以及文人骚客，写文章、做报告乃至一般性的发言，也喜欢张口先引用几句古诗词：“故人西辞黄鹤楼，烟花三月下扬州。”“天下三分明月夜，二分无赖是扬州。”……这样既省事，又显得精彩，好与扬州这个人文古城相称。因为形容扬州最精彩的话，似乎都被古人说过了，你不引用这些经典，就无法准确而生动地描述扬州，会被认为没有文化。

这也难怪，扬州已建城2500余年，古文化的积淀深厚而辉煌，形成一股强大的威势。第一为扬州扬名的是大禹，据《尚书·禹贡》记载，大禹治水时分天下为九州，扬州为其中一州，并因“多水而扬波”得名。一些代表着中国文化高峰的诗文圣手，如李白、欧阳修、苏东坡等，甚至连清朝皇帝康熙、乾隆，也都为扬州做过广告……这谁能比得了？

生活在这样的环境中，每天眼睛看的、耳朵听的，多是古人的东西，如果不“怀旧”反倒不真实了。那个女孩子学的是英语，每天还要接受大量现代意识和新鲜事物，即“所怀多旧事，入耳有新声”，有时“古”和“今”难免会有冲突，这就让她不能不产生惶惑：喜欢怀旧，却又不得不活在现代。

而令她惶惑的正是扬州文化的精髓：“借古人”“借传统经典文化”，以肥沃和提升现代文明的品位。

我积大半生到处采访的经验，每到一地主人总是先安排看大企业，参观名牌产品的生产基地。我们到扬州，第一天看瘦西湖公园、个园，第二天看何园……扬州并非没有大企业，不然GDP就达不到2113亿元，也不是没有名牌企业，像德国的奔驰公司、美国的高露洁公司、荷兰的飞利浦公司等，在经济上他们是很“洋”的，或者叫很现代的。尽人皆知，当今世界是文化决定经济的成败，主人要给我们看他最拿手的，是再正常不过了。这也表明扬州对自己的人文景观充满自信，尤其是园林文化。

古来就有定评：“杭州以湖山胜，苏州以市肆胜，扬州以园亭胜。”果然，瘦西湖美不胜收，令人目不暇接，类似一场古文化轰炸，楹联令人叫绝，匾额提纲挈领……先辈的文化巨匠们，把瘦西湖当成了考场，在明着比试，暗着较劲，看谁更能出语惊人。

这就让现代人仿佛走进了一个大私塾课堂。天下并不缺湖，一“瘦”竟成奇观，可湖水又怎样分胖瘦呢？相比之下如果把杭州的西湖叫成“胖西湖”，便毫无美意了！扬州的瘦西湖“瘦”在哪里，又美在何处呢？这就是文化的伟力，古人的功德，倘若当初叫成“小西湖”或“窄西湖”，便不会有以后的绝世佳景。就是这一个“瘦”字，成就了千古绝唱。后来瘦西湖的发展，就完全在这个“瘦”字上做文章，要想瘦得美、瘦得精巧，就得

“借景”。

充分利用其“瘦”，才建成了“湖串园”的公共园林，又称“百园之湖”：徐园、闵园、贺园、罗园、熊园……过去的富商巨贾们，谁买地建了园子，就以自己的姓氏命名。是瘦瘦的湖水像一条曲折回旋的绿丝带，将一个个珍珠翡翠般的园林串起来，“一路楼台梅岭始，榭曲廊回直到山”。可想而知，这些园林的主人们必定要尽力突出自己的个性，穷尽玄思妙想，巧夺天工，出奇制胜。这样就很容易犯一个现代人经常犯的错误，乱搭乱建，只顾自己，不管整体，其结果肯定是每家的园子或许都不错，但整体看上去不协调，或破坏环境，混乱不堪，贻害无穷；或相互攀比、相互模仿，景致重复，乃至俗不可耐。在现代城市建设中，这类错误早已司空见惯，让人见怪不怪了。

然而，扬州之所以能有瘦西湖，能被尊为“人文古城”，就在于数百年前，那些各自发财的商人们，竟比现在的规划局更有环境意识和全局观念，审美品位也更高。被湖水串起来的百家园林，虽风格各异、各有千秋，却又“合而为一，联络至山，气势俱贯”。

他们的诀窍就是一个“借”字。

首先就是“借水”。园林的主人们都很清楚，瘦西湖是魂，丢了这个魂，或毁了这个魂，谁的园子建得再好也一钱不值。谁若能将园林建得成为整个瘦西湖上的一个独特景点，才算是大功告成。另外，康熙、乾隆都分别六下江南，富豪们要把自家园林造得出类拔萃，就是寄希望能吸引皇上的目光，倘若圣驾光临，那便是天大的幸事。即便皇上不上门，只要是乘船游过瘦西湖，也就等于皇上在自家门前经过了。这就是必须好好“借水”的妙处，“借”得好，整个瘦西湖都是你的，你也属于瘦西湖的，皇上到了瘦西湖，就算是到了你的家。

其次是“借景”。后建的园林不是要把先建的园林比下去、压过去，而是以原有的园林为背景，借旁边的优势衬托自己，相辅相成，相得益彰，达到锦上添花的目的。所以，徐园的风格偏实，“露中有藏，浅中求深”；而净香园的特点就以空阔为主，“手指目顾，苍远无边”……关帝殿内的一副对联，集中表达了瘦西湖善于“借景”的真谛：“借取西湖一角，堪夸其瘦；移来金山半点，何惜乎小！”

尤其是与北京颐和园、承德避暑山庄和苏州拙政园并称为中国四大名园的扬州个园，更将一个“借”字用到了出神入化的境界。第一是“借竹”自喻，取名“个园”。个者，竹叶也。一根杆子挺着个人，劲直有节。

然后是“借石”，叠成四季山景。借来几根长短不一、粗细不等的石笋，在一片竹林中破土而出，点缀春意。进得春天的大门，借“皱、漏、瘦、透、秀、丑”的太湖石，垒成一座夏山，灰蒙蒙、湿浸浸，仿佛带云欲雨。山内空灵，有小桥曲折，穹隆石屋，还有大小不等的各种洞窿，“洞洞借景，风情幅幅”。最妙的是它能借来每个进山者的想象力，让你觉得风从穴来，石壁生凉，小桥流水，鱼游鸟栖……再下面是借红褐色的黄山石，堆成秋山。山上遍植松柏，遮天蔽日，每当风来，松涛怒吼，柏枝乱抽，一片肃杀的秋气。最后是借宣石垒成冬山，宣石纯白，看似一场大雪覆盖了山峦，常年不消，寒气逼人。

营造冬山光是“借石”还不够，还要“借风”，在背面的墙上打了24个孔眼，名曰“风音洞”，实际是起到一个大音箱的作用，每当风起，呼呼有声，为冬山制造“北风呼啸”的效果。还有更绝的，走过冬山，在西墙上会发现两个“窥春洞”，透过此洞可见外面一片盎然生机，绿竹苍翠，春笋挺拔……此谓“借春”！

采访扬州，深为其“借”的艺术而叹服。举一反三，一部人类的历史到处一个“借”字，借道、借光、借钱、借粮、借兵、借枪、你借我、我借你……善于借景者智，善于借力者强。盛唐时期，扬州是东南第一大都会，到明清，扬州成为当时世界上10个拥有50万以上人口的大城市之一……

现今世界，既多极多元多中心，又呈现一体化趋势，你中有我，我中有你，牵一发而动全身。谁想唯我独尊，称孤道寡，恐怕太难了。此时借鉴扬州文化中的这个“借”字，真是意味无穷，受用不尽。

锄经园

江南园林大抵都有个不俗的名字。如以竹为魂的扬州个园，得自竹叶投影于地，成一“个”字。苏州拙政园，典出西晋潘岳的《闲居赋》：“灌园鬻蔬，以供朝夕之膳，此亦拙者之为政也”。隐喻园子建造者官场失意后，把浇园子种菜、自己养活自己当作“政”事。古时“政”亦通“正”。震泽师俭堂的锄经园，则取意于《汉书》中的“带经而锄”。曾与司马迁等制定《太初历》的倪宽，常把经籍挂在锄钩上，有空即读，锄禾兼锄经。

——正是这个以“锄经”命名的园子，被誉为“江南园林中最精巧的一个”“钻石级的园林”。因它只占地420平方米，不过半亩上下。然而，当你转过花砖门墙，穿过白石门坊，进入古色古韵的锄经园内，竟心神一畅，不觉其小，反觉其奇。

园中文石铺地，曲径通幽，一眼望去，回廊、楼台、假山、藜光阁、四面厅、五角亭……建筑群落高低起伏，错落有致。围墙上空花漏窗，疏远阔朗，木香花随处攀援，清香幽远。墙角的百年老桂，枝繁叶茂，浓荫匝地。假山上花树杂陈，满眼缤纷，一条清澈的溪泉，伴山而行，波光粼粼，汩汩有声。所有江南园林中的重要元素，这里一样都不少，只是设计得更精妙，以小见大，以巧取胜，讲究的就是这般在“螺蛳壳里做道场”的精细工夫。

此园建于1864年，历经沧桑，坚固依旧，所蕴涵的文化内质也照样光芒闪烁。从园中制高点“藜光阁”所表达的寓意来看，应是师俭堂的主人建此园送给母亲，让老人能居高临下、四面赏景。而师俭堂则面阔五间，六进高墙深宅，集河埠、行栈、商铺、街道、厅堂、内宅、下房于一体，兼具官、儒、商三重使用功能，其所属的锄经园，一落成便成为江南水乡的重要文化符号，时间越久，其文化价值越高。凡走进锄经园的人，无不称奇，不过是送给老娘的礼物，竟也建成“万年牢”，成为经久不衰的文化瑰宝?

过去的人不愧是从小是被文化喂大的，无论经商或做官，都需先过文化这道关，不然怎会有这般品位？无论得意、失意、亲情、友情，皆可成就一种文化。扬州园林均为商人在得意的时候建造，请来全国最好的工匠，敢于吸纳各处最好的工艺和材料，因此个性张扬，成为江南园林的重要代表，留下绝世经典。而现代人却觉得商品时代正在毁坏文化，到处都可以看到暴富后的商人的恶俗和浅陋，即便是给建筑物命名这种最能代表建造者品位的事情，也常常离不开帝王、皇家、富豪、亿万等字眼。

再比如苏州园林，多为官员所造，且是失意后修建的，用的也都是本地工匠，在风格上内敛而实用。尽管如此，自称“拙者”的王献臣，从朝廷御史被贬回乡后建造的拙政园，却成为中国四大名园之一。现在许多正春风得意的各种级别的官员，企盼能永远掌权，干的却是短期行为；一心想出政绩，干出来的却往往是“豆腐渣工程”……

然而，人们依旧在过度开发和利用社会进步、科技发达、知识爆炸的成果。人聪明得都成精了，且并沉迷其中，自得其乐。莫非真的是“社会进步了，文化并未进步；人的知识增加了，智慧并未增加……”？

第四章　故土之思

梦里乡关

故乡是每一个人的伊甸园，给了你生命的源头，知道自己是从哪儿来的。故乡滋养着一个人的精神，留有童年的全部欢乐和记忆。故乡也只属于童年，人稍一长大，就开始苦恋天涯，梦想远走高飞做舍家游，如同鸟儿翅膀一硬就要离窝。青年人满脑子都是“好男儿志在四方”“读万卷书，行万里路”“天涯何处无芳草，青山处处埋忠骨”……在我的家乡甚至形成这样一种风气，能闯出去才叫有出息，无论上（北）京下（天津）卫，都是本事。而一旦上了年纪，就开始恭敬桑梓，“露从今夜白，月是故乡明”。

于是也就有了“乡心”——“思心昼夜起”。离乡越久，思乡越切，万般滋味，尽作思归鸣。

我是1955年夏天，考到天津读中学。离开了家，才知道什么叫想家。出门在外反把家乡的千般好万般妙都想起来了，却已没有退路，半途而废，将无颜见家乡父老。特别是后来的“遣送回乡”，变成一种严酷的政治惩罚，形同罪犯。久而久之，一般人跟故乡的感情被异化，或严重扭曲，一旦离开就很难再回去了。正由于此，至今已60多年，我做梦大都还是故乡的情景，特别是做好梦的时候，当然那背景和色彩是我童年时故乡的样子。不仅故乡的形貌像刀刻般印在我脑子里，就连我们家那几块好地的形状和方位，也还记得清清楚楚……

我的老家是个大村子，南北狭长，村子中间有一条贯穿南北的主街，东西两侧各有一条辅街，每隔五天有集。即便不是赶集的日子，一到晚上，羊杂碎汤、烤烧饼、豆腐脑、煎焖子的香味便从主街弥散开来，犒劳着所有村民的鼻子。如果我表现得好，比如在全区的会考中拿了第一，或者在秋凉草败的时节还能给牲口割回一筐嫩草，老娘就会给我三分钱和一个大巴掌形的棒面饼子，到主街上或喝羊汤，或吃焖子，任由我意。现在想起来还觉得齿颊生香。

在村西有一片茂密的松树林，那就是我心目中的“野猪林”，虽然没碰到过野猪，却不止一次见到过拳头般粗的大蛇，有人放羊躲到林子里乘凉，盘在树上的巨蟒竟明目张胆地就吸走了羊羔。村东一片深水，人们称它为“东坑”，据村里老人讲，几辈子没有见过它干坑，大家都相信坑底一定有王八精。村北还有一片水域，那才是孩子们的乐园，夏天在里面洗澡、摸鱼捉虾，冬天在冰上玩耍。只有在干旱的年月，才会缩小成一个水坑，然而水面小又容易“翻坑”，鱼把水搅浑，浑水又把鱼虾呛得动弹不得，将嘴伸到水面上喘气，这时人们下坑就跟拣鱼一样。有一回我下洼割草回来，正赶上翻坑，把筐里的草卸下来，下坑不一会就捞了多半筐头子鱼。

还有瓜地、果园、枣林、满洼的庄稼、一年四季变化丰富的色彩……如果世上有天堂，就该是自己的家乡。有一年暑期因贪玩误了回天津的火车，只好沿着南运河堤走到沧州站赶快车。河堤上下是遮天蔽日的参天大树，清风习习，十分凉爽。这古老的林带从沧州一直铺展到天津，于是想好一个主意，来年暑假提前备好干粮，豁出去两三天时间，顺着森林走回老家。可惜第二年全国“大跃进”，我也要勤工俭学，不能再回家了。隔了许多年之后才有机会还乡，竟见识了真实版的“家乡巨变”：满眼光秃秃，护卫着南运河堤的千年老林消失了，我站在天津的站台上似乎就能看到沧州城。南运河在我的记忆中是一条童话般的长河，竟然只剩下了一条干河床，里边长满野草，中间还可以跑拖拉机。

我的村子也秃了、矮了、干了，村头道边的大树都没了，几个滋润了我整个童年的大水坑也消失了……这让我失去了方位感，不知该从哪儿进村？甚至怀疑这还是我梦牵魂绕的老家吗？

最恐怖的是紧靠着村子西边修了个飞机场，把村里最好的一片土地变成白晃晃的跑道，像一刀砍掉了半个村子。自那次回家后，我的思乡梦里就有了一条抹不掉的伤痕。

在我的记忆里老家是很干净的，冬天一片洁白，到春天大雪融化后麦苗就开始泛绿，夏天葱绿，秋天金黄……那个年代人们没有垃圾的概念，生活中也几乎没有垃圾，无论春夏秋冬乡村人都起得很早，而清晨起来第一件事就是先将自己庭院和大门外面打扫干净，清扫出来的脏东西铲到粪堆上沤肥。家家都有自己的茅厕，对庄稼人来说粪便是好东西，没有人舍得胡乱丢弃，即便是牲口在路上拉的屎，都要捡起来带回家，或扔到自家地里。而今还没进村子却先看到垃圾，村外的树枝上挂着丝丝缕缕、花花绿绿的脏东西，凡沟沟坎坎的地方都堆积着跟城市里的垃圾一样的废弃物……我无法相信村子里怎么能产生这么多垃圾，抑或也是沾了飞机场和沧州市的光?

这还是那个60多年来让我梦魂萦绕的故乡吗？如今似乎只剩下一个村名，其余的都变了，苍凉、麻木，无法触摸到故乡的心房，却让我觉得自己的所有思恋都是一种愚蠢。让我感到心里刺痛的还有家乡人的变化，有热情没有亲情，热情中有太多客气，客气里有拒绝、有算计。我有一发了财的同乡，跟我商量要回乡投资，回报老家。我大喜，欢欣鼓舞地陪着他见老乡，商谈具体事宜，待到真正付诸实现，始知抬脚动步都是麻烦，已经谈好的事情说变就变，一变就是多要钱，乡里乡亲又恼不得也气不得，比他在别处上项目成本高得多，效率慢得多，而且估计最终难有好结果，便擦干净屁股，带着失望乃至绝望逃离了故乡。

自那件事情之后我也很少再回老家了，才知“家山万里梦依稀”，不只是空间上的距离，更重要的是心理距离。“不是不归归不得，梦里乡关春复秋”。每到清明和除夕，夜深人静之后，到一偏僻十字路口，给父母和蒋家的列祖列宗烧些纸钱，口中念叨一些不肖子孙道歉该说的话。有时话说得多了难免心生悲凉，今夕为何夕，何乡说故乡？

其实故乡就是爹娘，有爹娘在就有故乡，无论故乡变成什么样子。没有爹娘了，故乡就只能留在梦里啦。但故乡是一定要回去的。活着回不去，死了也得回去。西方人死后愿意见上帝，中国人死后希望能认祖归宗。屈原唱道：“鸟飞反故乡兮，狐死必首丘。”连狐狸死的时候，也要把头朝向它出生的土丘。有一天晚上读向未神游的诗：“生我的人死了，养我的人死了，埋葬了父亲等于埋葬了故乡！处处他乡处处异乡，从此我一个人背着故乡，走啊走啊看不到前面的路，蓦然回首也找不到来世的方向。”

忽然眼泪就下来了，情不自禁冲着故乡的方向跪倒，心里呼唤着爹娘脑袋磕了下去……

骡子的快乐

过春节中国最主要的景观，就是——“回家”。各处都有成千上万的人拎着大包小包，拥挤着、执着着，不畏艰难险阻地浩浩荡荡往家赶。唯此时举国上下、男女老幼，“家”的观念最为突出，异常强烈。现代人平时四分五散，各忙各的，各顾各的，甚至有国外的社会学者提出当今世界已进入“无缘社会”，即亲缘越来越淡薄，家庭松散，家人疏离。而过年了，实际也只有农历过大年才最像年，中国人是一定要回家的，谁也不愿意在“一年将昼夜”的时候，成为“万里未归人”。家是什么？家就是年。回到家就是过年。年是什么？年就是家，过年就是要回到家。过年的时候最需要有个家，有家才能过个囫囵年，过个好年！

回家过年的大军或许还是以外出打工族为主力，却也包括了社会的各个阶层的各色人等，诸如有能力到外地买房居住者，过年是一定还要回到老窝的，平时家是越新越好，过年则是老家好。还有平时满世界飞的各类精英们，打拼、成功一定是在离开家的地方，过年却要带着孩子、配偶回到老人身边团聚，否则成功的意义何在？再有就是像我这样的人，到南方投奔孩子们过年。据说现在是数字化时代，抬脚动步都要算计一下，凡事需先考虑成本，前些年都是孩子回到我身边过年，那要花费五六张机票钱，因老伴天一凉就飞到南方享福去了，我去凑合他们过年只需买一张机票就行了。人在年轻的时候，父母是家；等到上了年纪，儿女就成了你的家。

但回孩子家过年，可是个力气活，需要大量置办年货。过年就要有“货”，要想年过得好，就得当“吃货”。我们不是“舌尖上的中国”嘛！其实这就是年俗，过春节就要遵年俗，有“俗”才有“年”，越“俗”年就越有味儿。正好我办年货的兴趣也多在进嘴的东西上，羊肉是带多少都不嫌多的，南方的市场上很难买到羊肉，偶尔碰见也是带皮的，没法吃，更不要说“抹搭儿”“上脑”等这些羊身上最好的肉了。还有新小米、沙窝的大青萝卜及栗子、糖堆儿等天津零食，甚至还要带上一箱子黄瓜和西红柿，夸张点说他们那边的黄瓜有点像棉花套子，西红柿则缺失了那种酸甜恰到好处的美妙……不是孩子们真正需要这些东西，是我需要带给他们。还有一个现成的条件是我还能当骡子，而且当骡子是很有经验的。

过去在我家的所有牲口当中，全家似乎最重视那头大青骡子，我可以独自骑牛、骑驴，却爬不到骡子背上去。一是它太高大了，还有一种大牲口的高贵，令我不敢放肆。下地或拉车的重活都是它打头，在出发前我大哥总会抓着一把黑豆放到骡子嘴边，看着它不紧不慢地享用这特殊的零食，而其他牲口绝对没有这种待遇。也就是从那时候起，我知道了黑豆的营养价值，一头那么猛壮的大骡子，吃一把黑豆就可以精精神神地干半天重活。前些年有高人告诉我一个妙方，醋泡黑豆可强身健体，我虽然对近年来铺天盖地的养生诀窍心存疑虑，却立刻就接受了醋黑豆。每天早晨去游泳之前吃一勺，而且在吃黑豆的时候常会想起大青骡子，下水后果然觉得身上长劲，常有游完千米还不过瘾的感觉。

当儿子把我从机场接回家，不到5分钟的工夫一家大小每人手里举着个天津大糖堆儿，孙女已经长大，吃得很优雅，但竹棍儿上的糖葫芦却消失得很快，小孙子连腮帮子上都粘着糖渣……这就是我过年的高潮。晚饭后切开一个青萝卜，咬一口嘎嘣脆，消食败火，大家吃得开心还因为它是我千里迢迢从北方带过去的。以后每吃一样我带去的东西，孩子似有意无意地都会造出一个句子："这是爷爷从天津带来的。"我做爷爷的虚荣心得到极大的满足。等到我带去的东西快吃光了，我也该回天津的老窝了，读书写作过自己平静的日子。每天晚上有喝两盅的习惯，有时进入微醺状态，想孩子想得厉害，就借着酒劲高喊两声。一到这时，也格外盼着快点再享受当骡子的快乐。

对虾传

将国庆长假称作“黄金周”，实在是国情的一大特点，出游多少人，吸金多少亿……一切都要归结到金钱效益上。于是海滨名城青岛，因吸金过狠将大虾卖出天价，成为黄金周里在“金”上栽了大跟头的轰动新闻。这说明罗斯金的理论还没有过时，经济并不意味着消费货币或节约货币，经济的意义在于经营和处理一个国家、一个家庭。叫“黄金周”，并不等于让你摸着钱边抠钱眼儿。这忽然触动了我的心念，想为对虾写个小传。现在人们所说的大虾是个含混的概念，养殖虾也称大虾，好像除去海米都是大虾。我心目中真正的大虾是“对虾”，必须是野生的，雌的长18~24厘米，雄的略小一点，也比姚明张开的手巴掌还要长。所以我小时候买盐煮对虾都是论对，一角钱可买雌雄一对，单买一个人家不卖。

我们村离海边大概还有三四十里地，每年刚开春和秋后庄稼都收拾完了，三哥都要到海边去买一次海货。一大早推一辆胶皮独轮车从家里出发，到深更半夜才能回来，那独轮车装得跟一座小山似的，以对虾、海蟹为主，还会有几条大鱼和一堆我不认识的海货，此后好多天我们家的院子里都弥散着喷香的海味儿。至今还令我念念不忘的是母亲做的对虾酱和螃蟹酱。离开家以后到过许多海边，还当过几年海军，吃过多种渔民自已做的和市场上卖的虾酱、蟹酱，没有一种能跟当年我老娘的手艺相比。那么我三哥每年都要推回来两车海货，要花多少钱呢？具体数字我记不得了，只记得大人们有两句对话：“弄这么一车得花多少钱？”“咳，就是仨瓜俩枣。”

这是20世纪50年代的事，到了60年代以及70年代前期，对虾的身价几何呢？我有一年轻的朋友，正好就是青岛人，今年刚48岁，属于“60后”。他小的时候常被派去给大队办事，干一天下来不给钱，不给粮票，也不给记工分，只发给十几个对虾，有时成双给16个，有时是论单给15个，但不管是双数还是单数，管发虾的人粗糙，根本不分雌雄，你愿意多拿俩也可以。我这个朋友却宁愿一个对虾都不要，盼着能发给个饼子或窝头。可见那时对虾的价值排在粮票、工分、窝头之后。

他最怕的是每个月的5日，这一天没有饭吃，一人一大海碗（相当于现在一小盆）煮海鲜，对虾、海参、鲍鱼等，太难吃了，非饿得实在受不了啦才咽得下去。他如今是“成功人士”，手里不缺真金白银，每次招待朋友海鲜是不可少的，但凡是跟海沾边的东西他绝不动筷子，就是小时候吃怕了。那时隔三岔五地他还得做一件事，傍晚放学后家里给他两角钱，随便找个筐，多大都行，只要自己能拖得动。到码头上随便找一条近便的船，把两角钱一交，上船随便装，无论是虾、蟹、鱼、参……有什么装什么，装到自己快弄不动了为止。那时鱼虾不值钱，有时多得能把船拱翻，人躲闪不及被砸在鱼垛里会被鱼挤死。

“时间就是金钱”——真是一点不假，时间过去几十年，大虾的价钱翻了几百倍。还不是对虾，真正野生的大对虾已经很难见到了，但它活灵活现地留在我的记忆里。说起来也怪，现在回忆它比当年真吃它可香多了。国庆长假没有赶潮流出游，坐在家里看着新闻怀旧，这是人老了的表现。却又觉得有“旧”可怀是一种欣悦。不管是什么作礼物，人类只能收下时间带来的一切。记不得这是哪位哲人说的了，大意如此。

百年民居

伊宁老市区的每家门前都有一个小桥，初秋的傍晚依然阳光充足，孩子们在门前嬉戏，有三三两两的女人坐在水边聊天。她们的脸上有一种少见的安详和笑容，有的手里拿着活计，有的就只是悠闲地看着街景。

这样的街道，确是有景致好看。富庶、平和，远离竞争世界的喧嚣。“野水明窗儿，通渠绕屋流”。生活似乎就该是这样的，这儿的恬静更贴近生活的本质。

如果你能穿过小桥，进入每一家庭院，景致会更奇特。每家的建筑不同，房屋的装饰不同，院子里种植的果木不同……但家家藏绿荫，在院子中间几乎都有一大片葡萄架，护住院子的路径，又可在葡萄架下乘凉、吃饭，有客人来了也可在葡萄架下跳舞唱歌。伊犁人认为“种葡萄如种玉，食之甜如蜜，酿之成美酒”。

任何一个院子里所有树上的水果，客人都可以随意选自己喜欢的摘着吃，桃、梨、大枣、李子、无花果……伊犁好看，伊犁更好吃。凡长着嘴的人谁能经得住奇珍异果的诱惑？

在喀赞其里和六星街还有一些百年民居，收拾得干干净净，几乎一尘不染。屋里铺着地毯，明亮而舒适。我们跑了那么远的路来到这里，忽然觉得心静了下来，神定了下来，离自己的灵魂很近，同时获得了一种思考的力量，可以停下来从容体味自己的感觉。

这已经不像是人在旅游，而是精神被滋润，思想在充电。

生活在伊犁，能守得住自己的灵魂。

“让子弹飞”的地方

电影是视觉艺术，导演为影片选景至关紧要。据闻美国导演斯皮尔伯格为拍摄《第三类接触》，曾到法国南部被世人称作“上下颠倒之峰”的比加拉什山采景和吸取灵感。“外行看热闹”，一般观众看电影多注意内容，容易被故事的发展和人物命运所吸引，不太在意背景和环境，并常常认为是假的，不会太认真。近几年却有一部电影，看后对其复杂的故事脉络及反复无常的人物纠葛记不太清了，影片中的景致倒还历历在目，那一座座古老的古怪的不中不西的大楼，亲密无间地连成一体，组成一个巨大的长方形院落，似乎只有在这样的地方才会产生“让子弹飞”的人和事；在这个豪华又颓败、精致而诡异的地方演绎“让子弹飞”的故事，可谓情景交融，相得益彰。在看电影的时候我既惊奇又疑惑，这么真实而规模巨大的布景在“影视城”里是拍不出来的，有些特写镜头极清晰真切，其线条和色调都不像是假的……电影导演是在哪儿找到了这么多奇特的老建筑?

——广东台山。电影《让子弹飞》就拍摄于台山端芬镇的汀江墟,又称“梅家大院”。电影中还有个“鹅城”,即取自台山水步镇的冈宁墟。台山曾有100多座这样的“墟”,目前在20个镇中保留完好的还有96座:大亨墟、圆山墟、冲云墟、四九墟、中东墟……这个墟,那个墟,统称“侨墟”,均为华侨在一百多年前所建。这一片一片的侨墟楼,分别矗立于南国乡镇,风格奇特,整齐划一,充盈着浓郁的西洋文化情调,极富观赏性。而“侨墟”的作用却并不是只图好看,它结合岭南地理环境与当地民众的生活习惯,巧妙地将居住功能与商业功能合在一块:“前铺后库,上宅下店”,“晴不曝日,雨不湿鞋”。“梅家大院”在最兴旺的时候被称为“老虎墟”,在这里无论卖什么东西都会像遇到老虎一样被吃光,所以人人都来这里做生意,各行各业都有,拿多少货品来也不愁卖不出去。一片墟楼里无论有多少户人家,都相互依靠和衬托,又各都保留独自的个性,骑楼商铺、宗族祠堂、学校、庙宇、教堂……皆融为一体。

除去侨墟,台山的另一建筑奇观是“碉楼”——既是碉堡又是洋楼,或者说看上去像小洋楼,却具备碉堡的功能。最大的有10层高,普通的四五层,我在浮月村曾仔仔细细地采访了一座只有一个男主人的碉楼。外表看上去很气派,典雅坚固,里面的圆柱、敞廊、拱券、阳台、雕花等无不凸显古希腊、罗马及欧美等西方建筑风格，所用的红毛泥、铁门窗、彩釉砖、花玻璃、柚木、坤甸木等建筑材料，也无一不是洋货。惟楼上的小方窗、木趟顶级，楼顶的小凉亭，楼内的桌椅、神龛、墙上的书画，等等，又散溢着中华文化的韵味。最不协调的是每层楼的四面墙上都开有对外射击的枪眼，在每层楼的前部还有两个起“猫眼”作用的射击孔，透过这两个孔从每一层楼上都可看到楼下的大门前来了什么人，是朋友就开门，是土匪就开枪，大有“一夫守门，万夫莫开”之效。在楼顶建有半人多高的坚固围墙，墙上开有外小里大的枪眼，可居高临下地对进攻碉楼的敌人射击。碉楼不同于侨墟，一般都是孤立的，或两三座碉楼分布成犄角状，必要时可相互策应、进行火力支援，或几栋碉楼布成一种阵势，关键时刻统一行动、共同对敌。

真难以想象当时的社会情状和人们的心态，一方面心气很高地精雕细刻建洋楼，另一方面又随时准备在自家的洋楼上开火……抑或是“碉楼”的主人们，当初就预料到百年后会在这儿上演一出“让子弹飞”的大戏？还是冥冥之中带有宿命意味的巧合？台山原有这样的“碉楼”2000余座，现在还存1000多座，另外还有10000多幢规模略小的“侨屋”，再加上近百座“侨墟”，便构成了“中国第一侨乡”最具代表性的景观。然而这些极具特色的建筑，如今却繁华不再，大都人去楼空，一片衰败和荒芜景象。或门窗紧闭，锈蚀斑斑；或门窗洞开，鸡鸭猫狗随意出入，恍若一位西装革履的贵族沦落为流浪街头的乞丐。这固然令人感慨唏嘘，却也有诸多不解，现在复古成风，房子越老越值钱，若将这些“侨墟”或“碉楼”搬到大城市里，说不定都是宝贝，为什么在这儿就只供演绎“让子弹飞”呢？许多年前，坐落于俄国图拉州波良纳镇托尔斯泰曾长期居住的两层小楼，就被外地买下并原样搬走了。中国人不是最恋家吗？农民一定要有自己的“热炕头”，城里人则宁肯做“房奴”也要拥有属于自己的住宅，台山这些洋楼的主人为什么肯舍弃这么别致的祖业呢？

这恐怕要从“第一侨乡”的历史或侨俗说起。现在的台山人从上到下，只要一谈到人口都会报出两个数字：“台山户籍人口98万，海外台山人130万，分布在90多个国家”；“浮月村现住人口500人，海外人口1500人”……这里的每个镇、每个村，乃至许多家庭都是“一国两制”。有记录的台山人最早出国谋生的时间是清乾隆三十九年（1774年），远涉南洋，闯荡五洲，拼得性命和鲜血，挣得财富后便返回故乡实现他们的人生愿景：添置家业，建造楼宇，成家立室，于是成就了密布台山城乡的侨居奇观。

出去回来，回来出去，现在又到了纷纷出去的时期，许多年轻人认为只有到国外，才能实现自己的人生愿景，而不是留在家乡。这就跟农民进城打工一样，台山人有祖传的国际视野，中国以外才是他们心目中的“城”，祖宗留下的洋楼又怎么能留住他们的心?

但愿台山的“侨墟”“碉楼”，能保留到下一个华侨回乡的大潮到来。

留耕堂

番禺处于珠江三角洲的腹地，河涌交错，水网如织；山丘则丛林密布，人烟稀少。宋绍定六年（1233年），一个叫何德明的人来到番禺，见珠江从上游夹裹着大量泥沙而下，受潮水顶托淤积成坦，年年增大遂成冲积平原，肥沃松软，极宜种植，心想若在此定居，筑堤围田，定能富甲一方。

于是，何德明选择了番禺的沙湾安顿下来，向官方购得大片土地，并不断开发，渐渐扩充到300余顷。有了这等雄厚的根基，顺势繁衍生息，何氏一脉渐成番禺望族，将自家的大宗祠命名为“留耕堂”。

两旁的对联是：“小宗异大宗同钦于世世；前人修后人续享之绵绵。”

并且还立下了一个很特别的规矩：“凡考中秀才、举人、进士者，分别可获得祖荫二份、四份、八份。”每份“祖荫”相当于七亩地。民生在勤，勤则不匮，何家子孙书读好了，有了功名，不是鼓励他们离开乡土，忘记根本，而是以土地奖励，让他们眷恋故土，永不忘根脉。

由此，番禺何氏，乃成望族。宋代曾创造过何棠、何栗、何椝三兄弟同榜进士的佳话。后来以何柳堂为首的“何氏三杰”，将广东音乐进行系统集成、发扬光大，并创立了“典雅派”。新中国成立后，国家主席毛泽东曾在北京接见何贤的夫人以及后来成为“澳门特首”的何厚铧。创办近200年的何氏家塾，今天是广东的省级名校“象贤中学”……不知是不是受此影响，现在属于广州一个区的番禺，每年考上大学的人数，都有七八千之众。

何氏无疑创造了一种历经劫难却绵绵不绝的家族文化，正是这种富有强韧生命力的家族文化，令何氏一族成为名门，并保持兴旺至今。

解读何氏家族文化，理解今天番禺人的文化意识，关键就在“留耕堂”三个字上。

俗云：“耕种传家久，诗书继世长。”番禺曾出土一块2000多年前的石碑，上刻四个大字：“大吉番禺”。那么番禺“吉”从何来？其古训是：第一代养地，有地才能养人；第二代养气，养浩然正气；第三代养文化，有文化才能培育和发扬君子之风。

因此，在番禺并非只有何氏一族如此，早已经形成一种蔚为可观的文化现象。被尊为“岭南三大家”之首的屈大均，别号“今种”。独开一番境界，令人浮想联翩。他削发明志，备受景仰。一生忠愤，气魄雄奇，以诗为史，创翁山诗派。

只有700多户人家、却有着800多年历史的大岭村，先后考中过34名进士，有探花也有状元，出过知县以上的官员近百名。被国家建设部和国家文物局共同组织的专家评为“中国历史文化名村”。

《异物志》的作者杨孚，也是番禺人，为东汉时期岭南第一才子。他的政治主张就是“守业尚文”“绳美祖宗”。曾极其优美地赞颂鹧鸪的不离恋土：“其志怀南，不思北徂”。

能够“内守”，方可持久——这是番禺本土文化的一个重要标志。番禺曾被视为“广州的后花园”。竞争社会，谁都想奋勇争先，没人愿意跟一个“后”字沾边。番禺却沉稳干练地当着“后花园”。当国内的“前院经济”正为姓“资”姓“社”争论不休的时候，番禺却忙于建桥修路、招商引资，出现了番禺历史上从未有过经济繁荣景象……

一个“后”字恰好发挥了番禺的性格优势。而一个城市或地区的性格形成，要得益于文化的浸润和培育。历史上“后发先至”“后来居上”的事例太多了，都是因为有文化上的“先”

和“强”。即便在极其特殊的非常时期，番禺文化中的“留耕”“守业尚文”的意识也没有泯灭。

坐落于南村镇的“余荫山房”，位居广东四大名园（番禺余荫山房、佛山梁园、顺德清晖园、东莞可园）之冠，其主人邬彬，于清咸丰八年，官至从二品，年龄却只有34岁，便以母年迈为由，毅然辞官，归隐乡里。他建造“余荫山房”也处处体现一个先人的“荫”字和一个后人的“藏”字：“嘉树成荫，藏而不露，缩龙成寸，小巧玲珑。”因其匠心独运，园中有园，景中含景，外表别具一格，境界幽深广阔。一落成便成为中国园林艺术中的瑰宝。

今天的“余荫山房”，不仅完整地保留住其主人的文化理念，还凝结历史，成为番禺地域文化的一种象征。烟云过后，岁月照旧；岁月逝去，故事存留。

番禺的所有故事，都体现了当地文化的魅力。

时下流行“城市以文化论输赢”一说。古邑番禺，人文鼎盛，卧虎藏龙，这不能不说是他们最大的优势。

文化以厚道为心——阅读南充

在南充仪陇的金城山上，古柏掩映、奇花衬托着一幅巨大的“德”字石刻，丰润沉厚，古朴苍劲。整个字的高和宽均为22米，立面达484平方米。显而易见这是目前世界上最大的单字石刻，张扬着一种举世景仰的两“德”精神——从这里走出了解放军总司令朱德和“普通一兵”张思德。

——两“德”精神最大的特点就是厚道：以至仁为厚德，以至诚为厚道。

张思德终其一生，忠诚厚实得像他烧炭的那一炉净火，在平凡的工作中成就了壮丽的人生，点凡成圣。而朱老总，领导南昌起义，创建红军，长征途中制止分裂、挽救革命……功勋卓著，声名赫赫，在战争时期是革命营垒中的磐石；革命成功后成为中央领导集体中的敦厚长者，量大如海，容载万物。

当厚道几乎成了现代社会的稀缺品质，人们以“雷人”和

“段子”为时尚，以尖酸刻薄处世防身，谋富不谋道、不择手段地出人头地……以朱老总所代表的厚道成了人性中最为明亮和温暖的一面。也正是以厚道为心，成全了丰盛的南充历史和文化。王充在《论衡》中说：“德弥盛者文弥缛（繁华昌盛、多姿多彩），德弥彰者人弥明。”

由此，南充曾被奉为“文都”。对中华文明曾做出过重大贡献的文化巨匠，云集南充，灿若星河。比如时下集中国流行文化之大成的春节文化，其源头就来自南充。古时帝王继位后，为庆祝自己登基或显示权威，常常要自制历法，将自己登基的日子当作新“年”肇始，元日便成了一个不固定的“变日”。商代的“年”是十二月初一，周代的年是十一月初一，秦始皇统一六国后又以孟冬为正月，以十月初一为元日……于是四季混乱，农事失序，出现了“朔晦见日，弦望亏满”的怪象。

天象大乱，导致天下大乱，灾祸频仍，到汉武帝时不得不下令改变历法。最终由南充阆中人落下闳，创制了《太初历》，确立以每年的正月初一为岁首，到冬季十二月底为岁末，使政治年度与自然的节律统一起来，让月份与季节合理地按一定的周期律动，并一直沿承至今。当汉武帝要给落下闳加官晋爵、诏拜侍中之职时，他却坚辞不受，执意归隐故里，宁肯将满腹独步天下的天文历算知识尽数传授给有志于此道的后生。

——又一个厚道之人。

厚道使人自知，不做妄想，不去高攀。君子之怀，遵厚道而弘大德，谋道不谋富。正是得益于落下闳的这份淳厚与耿直，他家乡的周舒、周群、周巨祖孙三代都成了三国时期著名的天文学家，继落下闳被奉为“蜀中前圣”之后，周群又被尊为“蜀中后圣”。两千多年来，落下闳的《太初历》紧密影响着中国社会的发展，同时也影响着世界，为了感念他，国际天文学联合会于2004年，将一颗国际永久性的小行星命名为“落下闳星”。而中国人则尊称这位春节文化的创始者为“春节先圣”。本不想做官的落下闳，却无法拒绝后人给他戴上了两顶圣人的桂冠。

《推背图》的作者袁天罡、李淳风，是世界上最早将风分为八级的人，也属于有奇才大智者，在促进人类进步的过程中扮演了重要角色。他们一个是成都人，一个是陕西凤翔人，奉皇帝之命来南充观测天象，不想一到南充就不想走了，甚至连官也不要，在南充终老，并分别相中了同一块地方做墓地，不争不抢、厚厚道道地都葬于南充的天宫乡。

在南充这块厚道的土地上，至今仍留有独具一格的“万卷楼”，那是陈寿的父亲专为供其读书而修建的，代表着南充还是“三国文化”的发祥地。读书时的陈寿即被喻为孔门七十二贤中的子游、子夏。后历时十余年写成《三国志》，世称“良史”。

还有《子虚赋》《上林赋》的作者、与卓文君一道创造了千古爱情佳话的司马相如，被誉为“赋圣”“辞宗”。后人甚至一度将司马相如的故居改造成监狱，相如时期的古树、琴台一应俱在，好不温文尔雅，被关在这里面的犯人想来也够幸运的了，得以用中国最精美的辞赋来改造灵魂，恐怕只有厚道的南充人才会想得出这么高雅的主意。据说胡风就曾在这所特别的监狱里关押过。

人文源于天文，天文源于自然。袁天罡通晓自然之妙，曾借老子的话道出了南充的这种优势：天得道而清明，地得道而宁静，人得道而朴厚，万物得道而生长，河谷得道而充盈。南充山茂水丰，万物欣荣，是天造地设的一方厚土：一会儿水在山中，一会儿城在水中，浩波荡漾的嘉陵江，穿山过市，盘来绕去，极尽婉转，极尽妩媚，蕴玉含珠，养山润城，在某种程度上化解了人身上的暴戾之气。一方水土养一方人，一方人保护一方文化，所以南充能完好地保留着一座“贡院”和张飞墓。足见厚道的南充文化，即便在最晦暗的年代，在骨子里对其子孙后代仍然有着潜移默化的影响力。

甚至连南充的牛群，都能构成一道人见人爱的独特景观。太阳岛状如红日，月亮岛弯似新月，双双处于嘉陵江的江心，构成一片绝佳的美景，令人置身其中似痴似醉，如梦如幻。农闲季节，每天日出之时，岸边各户农家的耕牛会一齐出圈，渡江上岛，享受岛上青翠的嫩草。日落之时，吃饱了的牛儿们又自动一齐离岛，渡江回圈。每次多达一百余头，由最雄壮的公牛领头，母牛殿后，将小牛们夹裹在中间。老牛们瞻前顾后，时时照应着小牛，有时母牛还要将游不动的小牛驮到自己背上……它们昂头四顾，顶波踩浪，蔚为大观。

莫非是牛们也在向人类演示一种生存应该有的厚道?

天厚道，地厚道，水土厚道。积累厚道，则物自归之，犹如林深而鸟栖、水广而鱼游。以厚为富、以道为贵的南充文化，成就了两千多年的灿烂与辉煌。时至今日仍占据着传统文化中的一些制高点，让任何一种形式的南充之行，都变成真正意义的文化之旅，受益良多，却还觉得意犹未尽。

毛乌素之魂

初冬自毛乌素沙漠归来，并无“风尘仆仆”之感，相反心里倒多了一份洁净，还有一种感激、感动和崇敬之情。甚至每遇到熟人都想问他一句：你知道石光银吗？媒体时代推出了许多各种各样的名人，却也忽略了一些真正可感可佩、让人从心里钦服的人。

比如生活在北方的人，近十几年有个明显的感觉，天上没有下沙子了，平时衬衣的领子也脏得慢了，北京甚至达到了奥运会对气候条件的近乎苛刻的要求。这不能说是石光银的功劳，但也绝不能说跟他没有关系。

自打石光银记事起，就跟着父母搬过九次家，有时一年要搬两次。不为别的，就为躲避沙子，不搬不行，搬慢了都要被沙子埋住。那真是沙进人退！他八岁的时候，跟同村一个小伙伴在沙窝里放牛，只顾四下寻找那一点点发绿的东西，没提防天空骤然黑了下来。沙漠里大白天发黑是常有的事，遮天蔽日的不是乌云，而是沙暴。绝地朔风，沙翻大漠，顷刻间他就人事不知了……一天后，父亲在几十里以外的内蒙古找到了他，而他的伙伴却再也没有找到，连同那头被一家人视为命根子的老牛，都永远地被漫漫荒沙吞没了。

这件事在石光银的心里造成怎样的伤害，他从来没有说过。长大后话也不多，只是拼命干活，有事没事就爱跟沙子较劲，20岁就当上了生产大队长。有些农村的大队长可以当成“土皇上”，他却一门心思摸索着各种治沙的法子。只要听到哪儿有治沙的能人或高招，一定要去取经，即便步行一二百里，也全不在意。那时他肩上还挑着几百口人的饭碗，不敢成天光跟沙子玩票儿。到1984年，国家发布新政策，私人可以承包荒漠。这好像是石光银等待了几辈子的机遇，他立刻辞职，一下子就承包了1.5万亩荒沙。签这么大的合同，兑现不了拿命都抵不了啊！家人不同意，亲戚朋友吓一跳，外人则开始叫他“石疯子”。这时候他说了一句话：“我这辈子就想实实在在地干一件事，治住沙子，让乡亲们过好日子。”

一个不同凡响的人，在关键时刻总会有惊人之举。石光银这个原本再普通不过农民，因时势的变化，便逐渐显露出那非同一般的特质。可是，想治沙就要植树造林，要种树就得有树苗，买树苗就得用钱……他缺的恰恰就是钱，愁得夜里睡不着觉，忽听到羊圈里的羊叫了两声。这鬼使神差的两声羊叫，一下子提醒了他，第二天一早，他就把家里的几十只羊和唯一的一头骡子要牵到集上去卖掉。这可真是疯了，要拿全家的日子往大漠里扔啊！妻子想从他手里夺下骡子的缰绳，又哪里争得过他？只能任凭他拿走全部家当换了小树苗。

“务进者趋前而不顾后”，说也怪，正是他这副铁了心的架势，竟感动了六七户平素就信服他的农户，大家从他身上看到了沙漠中的一线生机、一线希望，与其这么一年年不死不活地凑合，还不如跟着石光银背水一战，兴许真能干出个前程。于是那几户农民也变卖家畜，把钱交给石光银去买了树苗。这下责任更大了，干不好毁掉的可就不光是他一家人的日子。晚上妻子怎么也忍不住要唠叨几句，这个家并不光是他石光银一个人的。但还没说上两句，石光银就截断了她的话头：“睡吧睡吧。”他并不多做解释，连一句劝慰的话都没有，可能他的心里也没有底。所幸他石光银的女人贤惠，男人叫睡就睡，即使睡不着也把嘴闭上了。

但女人的直觉和担心却不是多余的，头一年种下的树全死了，第二年成活了不足10%，石光银真成了“往大风沙里扔钱的疯子”。这时候社会上有一种很时髦的理论，叫顺应自然，人是不能跟天斗的。石光银说不出更多的大道理，只在心里不服气，凭啥我这儿的自然就是沙子欺负人，你叫我们祖祖辈辈顺应沙子？其实，“老天”最早安排的“自然”也不一定就是眼下这个样子，过去此地连年战乱，人怨天怒，很难说是人祸引来天灾，还是天灾加剧了人祸？毛乌素自唐代开始起沙，到明清便形成了茫茫大漠，这叫石光银该顺应哪个自然？如何“顺应”才自然？好在石光银身上有股异常的疯狂和倔强，牙关一咬就扛了下来。他带着干粮常常在沙窝里一干就是许多天，当干渴难挨的时候，就用苇管插到沙坑里吸点水喝。那就像嚼甘蔗，把水咽下去，将沙子再吐出来。或许这就是造化的公平，在毛乌素的沙窝里，扒下一尺多深，沙子就是湿的，沙漠里的地下水位远比沿海大城市里的地下水位高得多，打井到地下8米就能出水。“毛乌素”在蒙语里是“坏水”的意思，可如今在毛乌素生产的“沙漠大叔”牌矿泉水，是水中的极品。这是后话。

老天果然不负苦心人，第三年石光银成功了，种树的成活率达到90%以上。20多年来，石光银种树治沙22.5万亩，已形成400多平方公里的防护林带，莽莽苍苍，吟风啸雨，蔚为大观。有人或许对用平方公里计算的树林，形成不了具体的概念，那么就说得再形象一点：将石光银的树排成20行50米宽的林带，从毛乌素可一直排到北京。若改成单行，则可绕地球一圈还有富余。这些在毛乌素沙漠里已经自成气候的林木，不能不说是对当代人类的一个重大鼓舞。在当前全球的生态危机中，沙漠化排在了第一位，被生态学家称作“地球癌”。眼下地球上的沙漠达到3600万平方公里，相当于4个美国的面积，占全球陆地总面积的30%，世界上约有9亿人口受到沙漠化的危害。而中国又是世界上受沙化危害十分严重的国家，沙化面积达到174万平方公里，占国土面积的18.2%。

所以，没有上过一天学的石光银，两次被邀请到联合国防治荒漠化大会上讲演，介绍造林治沙的经验。2000年，先被“国际名人协会”评选为“国际跨世纪人才”；后被联合国粮农组织授予“世界优秀林农奖”（“拉奥博士奖”）。若是其他行业的时尚人物，获得了这样的国际荣誉，还不得闹腾得家喻户晓？这也正暴露了当今媒体时代在精神上有块沙漠，忽略了真正的时尚。而石光银从一降生就面对沙子，大漠历练了他的精神、他的定力，无论是荣誉，还是人世间最大的痛苦，都不可能让他迷失，让他颓丧。他在治沙上最得力的助手，也是他唯一的儿子石战军，一条34岁的壮汉，在急急忙忙去买浇树苗的水管时遭遇车祸丧生。人们不是都爱说“好人有好报”吗？

自知者不怨人，知命者不怨天。没人知道石光银是怎样化解了这巨大的苦痛，也没人听到他说过一句怨天尤人的话。恐怕他心里早就清楚得很，治理毛乌素不是一代、两代人就能完成的，恐怕死一两个人也是正常的事。当初既然是自己挑头，就得由自己承担全部后果。历尽天磨成铁汉，他只要有点闲工夫，就愿意钻进自己亲手栽种的森林里，听着树叶被风吹动，发出哗啦啦啦的响声……对他来说这才是世界上最美妙动听的音乐。命运已经给了他最丰厚的回报，在这时候就连他也相信“老天是有眼的”——这才是毛乌素人该有的大自然。一向不爱多说话的石光银，却多次向家人和亲友们重复过一句相同的话：“我活着就是种林子，死了将林子交给国家。”

他一如既往的淡定、坚韧，犹如毛乌素沙漠里一束圣洁的光。其实，石光银并不孤单，在毛乌素治沙有了大成就的还有几个人。生活在远处另一个沙窝里的牛玉琴，有着跟石光银大致相同的经历，丈夫因治沙积劳成疾，中年早逝。她独自一人抚养孩子，照顾因患精神病常年神志不清的婆婆，还要像男人一样治沙，或者干脆说像牛一样勤劳无怨。因为她懂得一个道理，怨人的穷，怨天怪地的没志气。周围的人都说：“这个婆姨生生是用泪水和汗水把一棵棵树苗给浇活了！”到她60岁的时候，已经造林治沙11万亩。常年累月的难以想象的劳苦和艰难，并没有摧毁她柔媚而丰富的情感世界，为了表达对丈夫张加旺的思念，把自己投资兴建的小学取名“旺琴小学”；把育苗基地叫作“加玉林场”；将自修的沙漠公路命名“望青路”——走在这条路上就能望见青山绿水。这是她的梦想，而所有治沙人，心里都有个梦。

实际上只要治住沙子，其他就都好办了。治理前沙窝里寸草不生，树一栽起来，林子一成气候，各种绿色植物就会自生自长，遍地蔓延。有了防护林的沙地也很容易改造成草场和庄稼地，不然毛乌素这个大沙窝里怎么能成为现在的“中国土豆之乡”？渐渐地绿色食品加工厂办起来了，养殖场建起来了，药材种植基地形成了……石光银们摸索出了林、农、牧、药多业并举的路数。石光银实现了自己当初的诺言，让周围的数百家农民都脱贫了，可他的家里，一年到头每天只吃一种“和菜饭”：将菜、米、面、盐一起煮，菜饭合一。只在过年和有应酬的时候才会放点肉，或包顿饺子。他和家人早就习惯了这样的生活。而他的林子和那些企业估算起来，至少值几千万元，他为啥还要这般苛待自己？他说：“我还欠着银行300多万元的贷款，哪有条件享福。”沙漠里的树是只能种不能砍的，这就是老百姓常说的，富了林子，穷了造林人。石光银说：“不管我种多少树，办多少经济实体，都不是为了个人赚钱。我要钱干啥？还不是为了治沙，为了再多种树。”

面对石光银这样一条铮铮铁汉，精神上会感到健旺、畅达，对毛乌素和沙漠里的人，生出一种信心和希望。他们是沙漠的魂，是毛乌素的胆。据说毛乌素里的定边县名，原是北宋文学大家欧阳修所赐。而石光银们，用自己命运证明，定边只有定住沙，才能定住绿；定住绿才能定住魂，定住魂才能定边——“底定边疆”！

石头如何开花

如果我说有个地方没有小偷，许多年来从未发生过一起治安事件……在这个家家户户都装着防盗门的世界上，是不是听起来有点像“天方夜谭”？然而千真万确有这么个地方，名为“冷洞村”。千万不要把它与童话中的世界挂钩，离它不远是顶坛村，经联合国教科文组织专家勘察考核后，这块地方被评定为“不具备人类生存条件”。

在黔西南的喀斯特峰林地貌中，星罗棋布地分布着各式各样的像冷洞、顶坛这样的自然村落，其自然环境大同小异，“前面是大山，后面是大山，左面是大山，右面依旧是大山，除了山还是山。”天无绝人之路，幸好山与山之间还有个垭口，成了进出村子的“咽喉要道”。就是在这样大背景下，我结识了戴时昌先生，并由衷地对他起了敬意。他在这大山里教过书，当过村长、乡长、乡党委书记，有感于“一段时间以来，无论打开电视或翻开图书，只要出现乡村干部，十有八九是恶棍，或鱼肉百姓、欺男霸女，或是酒囊饭袋……”于是他自己动笔将故事还原现场，写了一部长篇报告文学《让石头开花的人》。

这本书我打开后就没有放下，直至读完。从中获得了不少知识，第一次生动地理解了“石漠化”这个地理名词。光秃秃的石头无边无际地覆盖了漫山遍野，看上去要比沙漠化更为恐怖和难以治理。在石漠化的大山里种庄稼，从来是论棵不论亩，一个石窝窝里大概也就有一碗泥土，只可种一株苞谷。满山的乱石中能种庄稼的也不过就那么几碗土，春天的时候似乎种了一大片山坡，闹好了到秋天也就收获一背篓庄稼。但当地人就这么凑合着不知过了多少辈子，哪一代实在凑合不下去了，就迁出去找个能继续凑合的地方落脚，1974年仅一个则戎乡就迁走了100多户。至前几年，“在中国南方8个省中，石漠化地区有451个县市，2.2亿人口生活在贫困线以下。”

自20世纪90年代起，冷洞、顶坛及周围乡村的干部，带领村民在这片“不具备人类生存条件”的大山里，不仅生存了下来，而且生存得越来越好，其中最主要的手段就是让“石头开花”。现代信息社会使农民的视野打开了，知识面增大了，脑子活泛了，同样还是那些大山，还是那些石窝窝，乃至还有那些不能种庄稼的石头缝、石旮旯，冷洞村经过反复的求教和实践，渐渐选中了金银花，如今已经种植了14万株。这是一种多年生藤本植物，抗旱性强，种植三年后成株，每株寿命30年以上，一株能蔓延20平方米左右，14万株差不多就让冷洞村的大部分山坡都绿了，“绿得让山养眼，让水兴奋，让人精神”。

最重要的是水土不再流失，山上的土也似乎越来越多。到春天山野一片花海，可不真是“石头开花”了！金银花蕾可制茶，干花及茎与叶可入药，通身是宝，全村年产120多万斤，有些种植大户年收入可达6万多元，这可是冷洞人几辈子没有见过的大钱。那些前些年迁走的人家，又陆陆续续地回来了。有了榜样，思路一打开，整个黔西南山区都开始变，各村镇根据自己的自然条件什么适合就种什么，总之是要让石头开花，重建生态环境，又不改变原有的地形地貌。

高海拔的岩溶山区，种草养畜；低海拔的顶坛村，种植花椒，岩石白天大量吸收热量，晚上散发出来，花椒长得奇好。这个“不具备人类生存条件”的地方，人均收入竟破天荒地达到4000元，以生物手段治理石漠化达92%。几年后被中国经济协会评为“中国花椒之乡”。还有些村种的是石斛、黄心射干、猫豆、去籽刺梨、苦丁茶……这才是“穷也石旮旯，富也石旮旯；在这石旮旯，还会开什么花？”

图书在版编目（CIP）数据

厚道 / 蒋子龙著. — 郑州 ：河南人民出版社，2019.1
（绿水青山生态文学书系）
ISBN 978-7-215-11798-3

Ⅰ. ①厚… Ⅱ. ①蒋… Ⅲ. ①散文集—中国—当代 Ⅳ. ①I267

中国版本图书馆 CIP 数据核字（2018）第 264275 号

河南人民出版社出版发行
（地址：郑州市经五路 66 号 邮政编码：450002 电话：0371-65788067）
新华书店经销　　北京盛通印刷股份有限公司
开本 880 毫米 ×1230 毫米 1/32 印张 7.5
字数 135 千字
2019 年 1 月第 1 版　　2019 年 1 月第 1 次印刷

定价：38.00 元